„Es ist nicht auszudenken,

was Gott aus den Bruchstücken unseres Lebens

machen kann,

wenn wir sie ihm ganz überlassen."

(B. Pascal)

„Groß ist die Macht König Alkohols,

dieses wilden Tieres, dem wir gestatten, frei
umherzuschweifen,

und dem wir tödlichen Tribut entrichten vom
Besten,

was wir haben: Jugend, Kraft und Edelmut."

(Jack London)

Horst Meißner wurde 1937 in Köthen (Sachsen-Anhalt) als Sohn eines Kesselschmiedes geboren. Er hatte noch einen viele Jahre älteren Bruder. Schon früh Vollwaise verbrachte er seine Jugend zunächst bei diesem und dann in Zerbst. Im jungen Erwachsenenalter begann er eine Ausbildung zum Krankenpfleger in Magdeburg. Bereits hier schon mehrere Jahre dem Alkohol und anderen Substanzen verfallen, erlebte er in den folgenden Jahren eine Odyssee zwischen Ost- und Westdeutschland. Anfang der 70er Jahre brachte ihn sein unruhiges Leben nach Nürnberg, wo er die Kunstmalerin Felicitas Meißner 1972 heiratete. 1974 wurde ihre Tochter geboren. In Nürnberg wohnten er und seine Frau insgesamt 41 Jahre ihres Lebens. Horst Meißner war hier viele Jahre in der Suchtkrankenhilfe beim Blauen Kreuz in Nürnberg tätig. Er verbrachte seine letzten Lebensjahre mit seiner Frau im Seniorenzentrum Knetzgau. Horst Meißner verstarb 2021 an den Folgen einer schweren Herzinsuffizienz im Krankenhaus Schweinfurt.

Arlenne Meißner (Herausgeberin) ist die 1974 geborene Tochter des Ehepaares Horst und Felicitas Meißner. Ihr Abitur absolvierte sie am Neuen Gymnasium in Nürnberg und studierte dann Lehramt für Grundschule an der Universität Bayreuth. Seitdem ist sie als Lehrerin tätig und nebenberuflich als Kirchenmusikerin. Sie wohnt heute in Unterfranken und ist verheiratet.

Horst Meißner

Das Netz ist zerrissen – Die Geliebte aus der Flasche

(Ein Bericht)

In tiefer Dankbarkeit und mit größtem Respekt an meinen Vater!

Teil 1

1. Dein Vater ist ein Säufer!

Endlich war die die Schule aus. Und lärmend, lachend und scherzend drängelten wir Köthener-Schulkinder (Sachsen-Anhalt) in die vorfrühlingshafte Mittagsstille. Dabei hätte das etwas altersmorsche Schultor unter dem ungebremsten Ansturm der vielköpfigen Schulkinder gut um das Doppelte breiter sein können. Dann folgte eine Zweiteilung, denn wir Schulkinder hatten einen unterschiedlichen Nachhauseweg. Rechter Hand befand sich mein Heimweg in die Springstraße. Doch plötzlich, nach ein paar Schritten, hörte ich von der gegenüberliegenden Straßenseite einen etwa gleichaltrigen Jungen lauthals in meine Richtung rufen: „Dein Vater ist ein Säufer!" Das wirkte wie ein Schlag mit einem übergroßen Hammer auf meine überempfindliche Kinderseele. Und wie angewurzelt musste ich stehen bleiben, Raum und Zeit verloren ihre Bedeutung. Auch der Atem stockte mir. Die Schamröte stieg mir verräterisch ins Gesicht. Gab es einen unliebsamen Augen- und

Ohrenzeugen? Scheuer Rundumblick. Nein - die kleinstädtische Straße war menschenleer und mittagsstill. Gut so. Jetzt aber schnell nach Hause! Fort aus der Schusslinie der „verbalen Bombardierung"! Dabei wusste ich doch, dass der vorlaute Kindermund den Nagel irgendwie auf den Kopf getroffen hatte. Nur wahrhaben wollte ich die Bedeutungsschwere dieser Behauptung noch nicht, nämlich dass mein Vater ein Säufer war. Aber, so fragte ich mich, woher konnte der Junge das wissen? War denn schon ein diesbezügliches „Stadtgespräch" im Umlauf? Endlich erreichte ich mein kleines Zimmer. Und dann, auf meinem Bett, weinte ich meine einsame Not in die Kissen hinein. Vierzehnjährig und mutterseelenallein. Und mir war zumute, als würde der Rest der Welt mit dem Blick der Geringschätzung auf meine abgrundtiefe Verzweiflung blicken. Meiner Mutter gegenüber, die etwas später nach Hause kam, erwähnte ich keine Silbe von dem Vorgefallenen auf der Straße. Einer Wiederbegegnung mit dem Jungen ging ich verständlicherweise in der nächsten Zeit aus dem Weg, denn seine Mitwisserschaft beschämte mich doch zu sehr. Nach ein paar Tagen begegnete ich allerdings dem Jungen schon wieder. Was war passiert? Mein Vater war betrunken auf der Straße hingefallen. Er musste sich dabei verletzt haben, denn Blut war zu sehen. Und in meinem angstvollen Bemühen, ihm wieder auf die Beine zu helfen, erkannte ich unter den schaulustig Dabeistehenden den Jungen wieder. Bis zu diesem Vorfall wollte ich die episodisch wiederkehrende Betrunkenheit meines Vaters nicht wahrhaben. Frühe Ohnmachts- und Schockerlebnisse waren das für mich. Und doch konnten mich seine Alkoholexzesse nicht davor bewahren selber Alkoholiker bzw. Mehrfachabhängiger zu werden. Denn ich komme wie ein Großteil der Alkoholiker aus einem Elternhaus, in dem ein Elternteil alkoholkrank war. Von meiner Ursprungsfamilie her bin ich ein alkoholbehindertes Kind. Mein Vater war allerdings nicht der Typ des "Lustigen Zechers", wie ihn sehr eindrucksvoll ein Frans Hals malen konnte. Wenn mein Vater betrunken war, dann kehrte er aller „stammtisch- und zotenfreudigen" Zechkumpanei den Rücken. Und allein und still kippte er das Hochprozentige in sich hinein. Auch ich sollte in der Hinsicht in seine Fußstapfen treten. Auf eine kurze

Formel gebracht: Das Bild meines alkoholkranken Vaters stand wie ein Fanal über meiner Kindheit. Mein Leben war im Schlepptau meines alkoholkranken Vaters mehr oder weniger vorbelastet und disponiert.

2. Komm Kleiner, trink ein Glas!

Am Tag meiner Konfirmation im Jahre 1951 öffnete ich dem Alkohol die Tür zu meinem Leben. An diesem Sonntag sollte endlich auch das von meiner Mutter in großer Strenge praktizierte „Konfirmandenchristentum" mit mir zu Ende gehen. Unumkehrbar vorbei war jetzt endlich auch das beziehungslose Auswendiglernen von trockenen Katechismuswahrheiten. Auch die strenggesichtige "Sündhaftandrohung" des zuständigen Pastors gehörte jetzt endlich der Vergangenheit an. Die suggestiv wirkende Hintergrundmusik dieses vorfrühlingshaften Tages klingt mir noch heute in den Ohren nach: „Komm, Kleiner, trink ein Glas, du bist so gut wie Unsereiner!" In dieser promillereichen „Hoch-die-Gläser-Stimmung"" konnte ich unbemerkt eine von den Erwachsenen angefangene Flasche Schnaps in mein Zimmer schmuggeln. Dort wartete mein bester Schulfreund auf mich. Und heimlich still und leise nahm ich einen großen Schluck aus der Flasche. Mit Wiederholung. Kein Wunder, dass ich wenig später geh- und stehunfähig auf der alten Holztreppe zu unserer

9

Wohnung zu Fall kam. Unter den erwachenden Erwachsenen kam es daraufhin zu einer Art Panikstimmung. Ein paar Prellungen waren die Folge. Meiner verständnislosen Mutter musste ich später das Versprechen in die Hand geben, nie wieder Alkohol zu trinken. Ein ernst gemeintes Versprechen meinerseits, doch leider nur kurzlebig. Im Fadenkreuz dieser gestörten Kindheit begann mein Weg als „Langstreckenalkoholiker". In der gängigen Fachliteratur wird diese Art von Trinkverhalten als Jugendalkoholismus behandelt. Das Versprechen an meine Mutter hielt ich nicht lange ein. Mit 15 Jahren klebte ich noch sehr am „Rockzipfel" meiner Mutter. Mich verlockte aus mir unbekannten Gründen in den späten Abendstunden eines frühsommerlichen Tages etwa ein Jahr nach meiner Konfirmation die Nähe des Tanzlokals unserer Stadt. Nach etwa 10 Minuten Fußgang erreichte ich den Tanzboden, das Ziel meiner jungenhaften Neugierde. Zuerst fiel mein Blick auf die Belagerung der Theke mit zum Teil unbekannten Jugendlichen. Hoch – die – Gläser - Stimmung war das Fluidum an der Theke. In mir gewann der Nachahmungstrieb die Oberhand und ich bestellte

10

mir auch ein Bier - mein erstes Glas. Bald darauf das zweite. In vollkommener Ahnungslosigkeit und Unbekümmertheit. Beunruhigt wurde ich nur durch die fortschreitende Uhrzeit und an mein ahnungsvolles Denken an meine vielleicht schon schlafende Mutter zu Hause. Nun noch ein Blick in den Tanzsaal und schnell nach Hause. Eine laue und nach Lindenblüten duftende Nacht begleitete mich auf meinem Heimweg. Welch ein Schreck an der verschlossenen Haustür mit meiner wartenden und wutentbrannten Mutter. Mit dem weiteren Versprechen, dass ich nicht mehr Bier trinken würde, verbrachte ich den Rest der Nacht in meinem Bett. Bis zum unerwarteten und frühen Tod meiner krebserkrankten Eltern kam es bei mir nicht mehr zu einer Wiederholung. Meine Mutter starb für mich unerwartet im Jahre 1953 (ein Jahr nach dem Tod meines Vaters) an Krebs.

3. Rausch – Reue - Rausch

Mit 16 Jahren war ich also bereits Vollwaise. Ein paar Tage blieb ich zunächst allein in der nun leeren Wohnung. In diesen Tagen vermehrte sich mein Trinkverhalten. Das war die Initialzündung zu meinem Jugendalkoholismus. Niemand konnte mich davon zurückhalten. Dann kam ich für einige Zeit zu meinem viele Jahre älteren Bruder, bis ich für ihn und seine Familiensituation zum Problem wurde. Ich befand mich entwicklungsmäßig in der konfliktreichen Pubertätszeit. Heimunterbringung in Zerbst folgte. Mit knapp 17 Jahren bewarb ich mich in Magdeburg für die Ausbildung als Krankenpfleger. Die altersbedingten Reifungs- und Wachstumskrisen machten mir große Not. Vor allem fehlte mir meine Mutter, zu der ich emotional eine stärkere Bindung hatte als zu meinem Vater. Ich hatte in meinem Elternhaus als quasi „Einzelkind" (Nachzügler) kaum Gelegenheiten zum sozialen Lernen gehabt. Dazu kam meine weltanschauliche Maßstablosigkeit im Schlepptau des unaufhaltbar vorwärts schreitenden Sozialismus. In der Anfangszeit trank ich

12

vorwiegend nur Bier. Und keine zurechtweisende Hand hinderte mich daran, denn die gab es für mich nicht. Auch gegen meine Kontakthemmungen, die mir sehr zu schaffen machten, nahm ich in diesen frühen Jahren die "Pseudo-Hilfe" des Alkohols in Anspruch. Denn ich erlebte meinen Alltag immer "steppenwölfisch" einzelgängerisch. Dazu kam mein unkontrolliertes Rotwerden, gegen das ich auch den Alkohol als Narkotikum einsetzte. Immer war es so: Ich errötete, ärgerte mich darüber, errötete dann noch ärger. Und daraus entwickelte sich langsam eine Errötungsangst (Erythrophobie). Dieses lang anhaltende und explosive Rotwerden verunsicherte mich auf Schritt und Tritt, und ich griff je länger desto mehr zur Flasche. Bier reichte schon bald nicht mehr. Schnaps kam dazu. Auch meine einsame Gewissensnot, die immer verstärkt nach einem Rausch auftrat, konnte ich für die Länge des Rausches nur mit Alkohol ausschalten. Und von Anfang an legte ich Wert darauf, alkoholbedingte Verhaltensauffälligkeiten so gut wie möglich zu kaschieren. Mir reichte im Anfangsstadium die Alkoholmenge, um mich hinterher weniger gehemmt zu erleben. Dabei war die

13

Alkoholverträglichkeit phasentypischerweise noch gut. Doch ich driftete schon bald und unaufhaltbar ins Randgruppendasein ab. Meine anhaltenden Geborgenheitssehnsüchte betäubte ich ebenfalls mit Hochprozentigem. Ich lebte auch nicht gemeinschaftsorientiert (in der damaligen DDR ein staatsfeindliches Verhalten). Die Sogwirkung des Alkohols vereinnahmte mich total. Wichtig war dabei die schnelle Alkoholwirkung, die rasch in meinem Denken und Empfinden, in meinem Wollen und Tun, in meinen Sehnsüchten und Gefühlen ein gefährliches Eigenleben entwickelte. Dazu suchte ich mir noch wählerisch bestimmte Kneipen aus. Doch immer allein an einem Tisch sitzend. Und Zechkumpanei mochte ich genau so wenig wie kumpelhaftes oder komplizenhaftes Schulterklopfen. Mit 17 Jahren war ich alkoholabhängig. Es gab kaum einen alkoholfreien Tag. Der Alkohol schlug früh seine zerstörerischen Breschen in mein unverbrauchtes, aber wurzel- und haltloses Leben. Ich konnte mich zu keiner Zeit so, wie ich war, akzeptieren. Damals glaubte ich noch an eine „Heile – Welt - Romantik". Nun brauchte ich typischerweise immer eine größere Alkoholmenge.

14

Dadurch zementierte ich mir jede reale Wirklichkeitserfahrung. Alkohol ist ja eine Art Realitätsfilter. Nur im Alkohol, in einer Kneipe oder hinter einem Kiosk trinkend, fand ich in meiner realitäts- und weltflüchtigen Selbstumkreisung kurzfristigen Scheintrost. Doch hinterher war die Selbstverachtung sehr massiv. Also weiter trinken. „Teufelskreiswiederholung" nennt man das. „Und wenn man sich noch so sehr besäuft, die Bitterkeit spült man nicht hinunter." (Erich Kästner) Ich erinnere mich daran, dass ich nächtelang nach Dienstschluss in meiner Ausbildung zur Krankenpflege im Clinch von Bars und Kneipen anzutreffen war, dabei Zeit, Raum und Vorsatz vergessend, von Zufall und Notwendigkeit umlagert, dem Lustprinzip frönend. Hinterher war die Gewissenseinsamkeit unaushaltbar. Und ich stellte zu keiner Zeit Niveauansprüche an die Bar oder Kneipe. Auch keine Qualitätsansprüche an den Alkohol. Nur die schnelle Wirkung war entscheidend. So konnte ich enthemmt in meiner Suche nach einer „Ersatzmutter" so manche schnelle und äußerst fragwürdige „Nachtbarbekanntschaft" machen. In der Folgezeit

15

pendelte sich so zunehmend ein Wiederholungszwang ein. Doch alle die alkoholbedingten Augenblickserlebnisse waren ohne jegliche Beziehungstiefe. Selbstanwiderung in der Ernüchterung folgte. Ich war im Grunde bindungs- und beziehungsunfähig. Mit der „Geliebten aus der Flasche" pflegte ich ein „Dauerstelldichein". Und das durfte niemand stören. Alles auf Kosten meiner Jugend. Und es konnte auch geschehen, dass ich wie in einer „Feuerwehrsituation" in die nächste Kneipe rannte und dort hintereinander ein paar Schnäpse in mich hineinkippte. Nun fühlte ich mich besser. Als ein Nichtanderskönnen erlebte ich solche panikartigen Augenblicke. Ohne Alkohol, und nur er allein stand im Fadenkreuz meines Lebens, kam ich mit mir und der Welt nicht zurecht. Ich war zu keiner Zeit ein Alltagswiderständler. Der Alkohol hinderte mich auch daran, mich zu einer selbständigen, urteilsfähigen und verantwortungsbewussten Persönlichkeit zu entwickeln. Alkoholismus ist mehr oder weniger Persönlichkeitsstillstand. Auch meine Ess- und Schlafgewohnheiten verloren langsam ihr gesundes Maß. Der Dreiklang meines jungen

Lebens hieß: Rausch - Reue - Rausch. Und es ging mit typischer Zwangläufigkeit gemäß dem Fallgesetz der Sucht unaufhaltsam bergab. Mein ganzes Denken war linear auf den Alkohol ausgerichtet. Und Rechtfertigungsgründe für mein Trinken fand ich immer - ich zog sie an den Haaren herbei. Der Alkohol dominierte, alles andere war zweit- oder drittrangig. Ich bin überzeugt davon, dass der Alkohol mich schon in diesen jungen Jahren freude,- genuss,- und liebesunfähig gemacht hat. Um staatsbürgerliche Pflichten (in der DDR) kümmerte ich mich zu keiner Zeit. Auch nicht um soziale Verantwortung. Ich lebte ghettohaft mit der Flasche in der Hand unkalkulierbar in den Tag hinein. Dabei wollte und konnte ich nicht einmal einen „Wald- oder Wiesengott", noch einen „Nothelfergott" akzeptieren. Glaubens- und Gebetserfahrungen kannte ich nur aus der Zeit meines Konfirmandenunterrichts. Und wurde gesprächsweise einmal Gott erwähnt, dann wirkten diese vier Buchstaben auf mich wie vergleichsweise das rote Tuch auf den Stier. Also lebte ich unabwendbar in der "Gefrierzone der Gottesferne". Doch ein Tag ohne Alkohol war eine einzige Qual.

Dabei verstrickte ich mich von Mal zu Mal mehr in ein Netz von Lügen. Ich machte auch Schulden und konnte den Mietrückstand bald nicht mehr ausgleichen. Zudem fehlte mir gänzlich die Einsicht für die gefährliche Zuspitzung meiner Abhängigkeit. Alles, was ich in denkbar bester Absicht anfing, zerstörte der Alkohol schon im Ansatz: Freundschaft, Liebe, Beruf, Freizeit. Ich weiß heute: Alkoholismus ist, um einmal dieses Bild zu gebrauchen, „Totengräberdienst" zur eigenen Beerdigung.

4. Weg von hier

Im Dienst in der Krankenpflege rutschte ich unaufhaltsam in die Mehrfachabhängigkeit hinein. Wenn ich Nachtdienst hatte, dann schlief ich tagsüber nur wenige Stunden. Die Zugkraft des Alkohols war stärker als das Schlafbedürfnis. Eines Nachts, tagsüber hatte ich ein exzessives Rauscherlebnis mit geografischer Desorientierung gehabt, war ich zum Umfallen müde. Was tun? Schließlich spritzte ich mir in der Toilette eine Ampulle Koffein (ein kreislaufstabilisierendes Mittel). Durch die Erfahrung seiner wachmachenden Wirkung bahnte sich in der Folgezeit sehr schnell ein Wiederholungszwang ein. Allerdings war die Sorge um den ausreichenden Nachschub immer präsent. Noch hatte ich aber Zutritt zum Medikamentenschrank. Und doch konnte es je länger umso mehr nicht ausbleiben, dass die Dosissteigerung unter dem Personal auffallen musste. Dabei war meine Vorgehensweise sehr trickreich und planvoll. Auch mit Lügen gespickt. Wenn ich durch den Alkoholgenuss enthemmt war, damals selten volltrunken, dann suchte ich Geborgenheit und Zuwendung in Annäherungen an Frauen, welche meine Mutter hätten sein können. Für den Alkohol reichte mein Geld schon lange nicht mehr. Ich musste, um meinen Alkoholkonsum bezahlen zu können, Kleidungsstücke und andere Sachen ins Pfandhaus bringen. Und auf der Station im Krankenhaus stillte ich meinen Hunger durch Essensabfälle, die ich vereinzelt in der Stationsküche vorfand. Bei meiner Wirtin, bei der ich zusammen mit einem Medizinstudenten ein möbliertes Zimmer bewohnte, bereicherte ich mich in ihrer Küche an ihrem Brot, das es damals noch auf Marken gab. Doch der Hunger war leichter zu ertragen als den Tag ohne Alkohol zu beginnen und zu beenden. Er spielte „die erste Geige" in meinem verirrten Leben mit seinen zunehmenden Abgrunderlebnissen. In Nachtbars, die ich kannte, fand ich in meiner Anlehnungsbedürftigkeit immer wieder spendierfreudige Frauen, die mich an meine verstorbene Mutter erinnerten. Und meine Freizeit zerstörte ich mit der Häufigkeitszunahme meiner Alkoholabhängigkeit. Und immer auffälliger kam es zu geografischen Desorientierungen. Auch das war typisch für mein Trinkverhalten, dass durch den Alkohol Fernweh in mir wachgerufen wurde, und nicht selten wachte ich im Rausch in einer fremden Stadt auf. Ohne gültige Fahrkarte erreichte ich solche Fernziele. Ich war, wie sollte es auch anders sein, verschuldet. Ich lebte mehr oder weniger vom Vorschuss, quasi von der Hand in den Mund. Und ich brauchte, um schlafen zu können, Schlaftabletten. Auch die konnte ich mir im Krankenhaus besorgen. Das Koffein reichte schon lange nicht mehr. Diverse Schmerztabletten wirkten als Verstärker. Mein junges Leben (18 Jahre war ich) war lebensgeschichtlich angesiedelt zwischen Krankenhaus, sexuellem Wunscherfüllungsdenken und alkoholischem Exzess. Dazu kamen meine Fluchtbewegungen. Nirgendwo erlebte ich eine Art von echtem Geborgen- und Getragensein. Viel Aufwand steckte ich auch in die Aufrechterhaltung meiner Garderobe und Äußerlichkeit; denn niemand sollte mir doch anmerken, wie es in mir drunter und drüber ging. Im Krankenhaus konnte meine zunehmende Selbstmedikation nicht länger unbemerkt bleiben. Mir fehlte es allerdings zu keiner Zeit an raffiniert ausgeklügelten Vorgehensweisen,

21

um an den Stoff zu kommen. Das ganze Denken und Wollen ist ja im Fall der Abhängigkeit einzig und allein auf das Mittel konzentriert. Jedenfalls war es bei mir so. Ich konnte mich und die Welt nicht aushalten ohne die Wirkung von Alkohol. Dann lernte ich in einer frostigen Winternacht irgendwo in einer Kneipe eine etwa gleichaltrige Frau kennen, und wir beide waren mehr als existenzbedroht, suchten nach einem Ausweg aus lebensgeschichtlichen Verstrickungen und Irrungen. In ihrer kleinen Wohnung konkretisierten wir unter Alkoholeinfluss einen Fluchtplan. Am anderen Tag brachten wir beide verschiedene Sachen ins städtische Pfandhaus. Dann machten wir uns wie in einer Nacht- und Nebelaktion auf den Weg zum Bahnhof. Das war an einem sehr winterlichen Novembertag im Jahre 1955. Achtzehnjährig war ich. Und mittendrin schon in der totalen Mehrfachabhängigkeit. Dann, ohne Probleme bei der Passkontrolle, erreichten wir Westberlin. Im Aufnahmelager (damals üblich) meldete ich mich zur Notaufnahme (Berlin-Marienfelde). Auch dort im Lager inmitten der Großstadtanonymität schlug mit stetiger Zunahme

22

und Gefährlichkeit der Alkohol seine Breschen in mein Leben. Zum Bier kam in zunehmendem Maß Hochprozentiges dazu. Die ungebremste Wirkung des Alkohols war allein wichtig. Nicht die Qualität. Und dann, wenn ich betrunken war, selten volltrunken, dann spürte ich von Mal zu Mal ein unstillbares Fernweh wie nach Uferlosem. Mit Franz Kafka: „Weg von hier, das ist mein Ziel." Und nicht selten wachte ich desorientiert an einem mir unbekannten Ort wieder auf. Überhaupt kennzeichneten in den folgenden Jahren geografische und innerseelische Fluchtbewegungen mein Leben im „Schlepptau" meiner Abhängigkeit. Auch das konnte geschehen, dass ich stadtbekannte Kaschemmen aufsuchte. Dort fühlte ich mich im namenlosen Zusammengepferchtsein mit Gleichbetroffenen wohl. Ich spekulierte dabei immer auf die Spendierwilligkeit der Mitzecher. Und die zwielichtigen Bekanntschaften, die ja alkoholenthemmt nicht ausbleiben, waren samt und sonders kurzfristig und anrüchig. So lebte ich im Warten auf den Abflug nach Westdeutschland auf einem „Rosenbett der Illusionen". Ein

23

Lebenswertgefühl, das ja mit Alkohol nicht entstehen kann, war mir fremd. Ich lebte von einem Rausch zum anderen. Der Alkohol bestimmte allein mein Denken, Fühlen und Tun. Mit dem Taschengeld konnte ich schon lange nicht mehr meinen Alkoholkonsum bezahlen. Wie aber? Was tun? Ich ging in eine Kneipe, bestellte hintereinander Bier und Schnaps, bis ich enthemmt war. Dann verschwand in einem günstigen Augenblick blitzschnell durch das Toilettenfenster. Dem ersten Zechbetrug folgten noch andere, immer realisiert in unterschiedlichen Stadtteilen. Im Lager wurde ich im Wiederholungsfall wegen meines Zuspätkommens mit disziplinarischer Ordnungsstrafe daran erinnert, dass die Lagerordnung auch für mich gültig wäre. Rempeleien oder Radau verursachte ich während meiner ganzen Trinkerei nicht. In Berlin hatte ich auch meine erste toxische Hepatitis. Für eine Zeit lang wurde ich deshalb stationär behandelt. Irgendwann, nach ein paar Wochen, kam die Ausreise per Flugzeug nach Westdeutschland. Zunächst nach Nordrhein-Westfalen. Und in dem Jugendwohnheim, in dem ich in der Folgezeit untergebracht war, machte mir das soziale Einordnen in die Gemeinschaft große Not. Demzufolge praktizierte ich eine Art „Festungsmentalität". Und gegen meine Kontaktschwierigkeiten setzte ich weiterhin die Wirkung von Alkohol ein. Auch in dem Heim bekam ich Ausgangssperre, war ich doch nächtelang unauffindbar verschwunden gewesen. Nach einiger Zeit fand ich eine „Stammkneipe", dort konnte ich sehr willkommen die Zechschulden anschreiben lassen, die ich verursachte. Wie aber bezahlen? Schließlich stellte mich der Wirt auf mein Anfragen hin für Haus- und Hofarbeiten ein. Mit Unterkunft. Nun saß ich an der Quelle. Seine Tochter, die an der Theke mit bediente, benutzte ich als „Steigbügelhalterin" meiner Alkoholabhängigkeit. Im Zustand der Volltrunkenheit wurde ich ein paar Wochen später mit dem Auto meines Chefs auf der Kreuzung stehend von der Polizei erwischt und zur Ausnüchterung mitgenommen. Meine erste Jugendstrafe wegen Trunkenheit am Steuer und Diebstahls folgte. Nach der Strafverbüßung kehrte ich unter Alkoholeinfluss in die DDR zurück. Nicht lange dauerte dort mein Aufenthalt, der von einer

Häufigkeitszunahme meiner Alkoholabhängigkeit gestimmt war. Die Tatsache, dass ich schon bald wiederholt der DDR blitzartig den Rücken kehrte (über Westberlin), ist für mein heutiges Denken kaum vorstellbar. Wie war das nur möglich?! Doch ohne den Schrittmacher Alkohol hätte ich das Risiko des Eingesperrtwerdens nicht auf mich genommen. Denn handgreifliche Gründe gab es für meine Rückkehr nicht. Als Zwanzigjähriger meldete ich mich abermals in Westberlin zur Notaufnahme. Noch vor der Mauerbildung. Nach Westberlin konnte man in jenen Tagen noch beinah ungehindert fahren. Ein paar Wochen dauerte der Lageraufenthalt. Auch hier war mein ganzes Denken linear auf Alkohol ausgerichtet. Einmal verkaufte ich im Lager meine ganzen Sachen an Heimbewohner. Bis ich letztendlich nackt auf meinem Bett lag, und der Spott der anderen Zimmerbewohner machte das Ganze noch schlimmer. Nur der Alkohol, den ich für den Erlös meiner Garderobe kaufen konnte, tröstete mich darüber hinweg. Bei einem erneuten Versuch, die Zeche zu prellen, wurde ich von dem Wirt erwischt. Er verprügelte mich. Endlich kam die Ausreise nach

Westdeutschland. Im Lager in Niedersachsen nahm ich vermehrt Schmerztabletten zu mir, die ich mir in der Krankenabteilung besorgte. Auch andere Lagerinsassen machte ich gegen Tauschware dafür gefügig. Ich ließ mich, um das Lagerleben abzukürzen, in die Landwirtschaft vermitteln. (Damals für viele Lagerinsassen ein willkommenes Startbrett.) Damit war gleichzeitig immer auch Unterkunft verbunden. Füttern, Ausmisten und verschiedene Haus- und Hofarbeiten gehörten zu meiner neuen Tätigkeit. Dazu auch Familienanschluss. Über dem Pferdestall bewohnte ich ein kleines Zimmer. Schon bald holte ich mir Vorschuss, darin war ich nicht unerfahren. Daraufhin verschanzte ich mich wie in einer Festung mit dem Alkoholvorrat in meinem Zimmer. Der Alkohol gaukelte mir die „Leichtigkeit des Seins" vor. Und seine Wirkung erweckte in mir die Illusion, dass irgendeine Schicksalsmacht irgendwann mein ziel- und planloses Leben auf lebenswerte Höhen führen würde. Die reale Welt konnte ich nur gefiltert wahrnehmen. Auch dort wurde mein unberechenbares Trinken immer dramatischer. Die Zechbetrüge nahmen zu und wurden auch immer

27

raffinierter. Ebenso häuften sich die Filmrisse. Eines Nachts, ich hatte mich in der Scheune im Stroh verschanzt, stürzte ich kopfüber durch die offene Luke der Scheune ins scheinbar Bodenlose. Doch wie durch ein Wunder fiel ich auf einen lebensrettenden Strohballen, der aus mir unerklärbaren Gründen dort lag. Nach dem Schreck schlich ich mich wie ein Dieb in den Vorratsraum des Bauern, dort fand ich, was ich suchte, was ich brauchte und was ich um alles in der Welt wollte: Schnaps! Nun musste ich verschwinden. Und die große Ungewissheit des Nirgendwohin lag wieder vor mir wie eine dicke Nebelwand. Jedes Misserfolgserlebnis, das doch zum Reifungsprozess eines Menschen gehört, brachte mich noch näher an die Flasche. In den mehr unfreiwilligen Ernüchterungsphasen, die selten eintraten, praktizierte ich verzweifelt Selbstwertsetzung. Durch Vergleichsdenken versuchte ich mich aufzuwerten. Indessen wurde mein Rauschtrinken immer exzessiver. Ich erwachte an mir unbekannten Orten. Noch immer legte ich aber noch großen Wert auf meine Garderobe. Kompensationsversuche waren das.

28

5. Schwerelosigkeit

Ich bewarb mich wieder in einem Krankenhaus in einer Stadt im Ruhrgebiet. Dort absolvierte ich auch die integrierte Krankenpflegefachschule (ohne Abschlussexamen). Innerhalb des großflächigen Krankenhauses wohnte ich in einem Internat. Wechselweise lernte ich dort krankenpflegerisch nach und nach alle Abteilungen kennen. Zweimal in der Woche war Unterricht. Ich erinnere mich noch gut daran, dass ich niemals nüchtern den Klassenraum mit den überwiegend jungen Lernschwestern betreten konnte. Meine Hemmungen blockierten mich nach wie vor sehr. Dazu kam erschwerend meine Errötungsangst. Auch das Bewusstsein meiner Fehlverhaltensweise und sexuellen Verirrungen. Es konnte passieren, dass ich panikartig den Unterricht verließ, weil ich mich und die anderen nicht aushalten konnte, dann rannte ich wie in einer Feuerwehrsituation in die nächstbeste Kneipe, um mich dort mit Alkohol zu betäuben. Damals gab es noch in den Gaststätten Musikboxen, und ich konnte eine bestimmte Platte wieder und wieder hintereinander hören. Dabei wurde meine Gier nach Alkohol noch verstärkt. Auch animierten mich die Texte zum Wunscherfüllungsdenken. Indessen nahm ich außer Schmerztabletten auch Sedativa (Valium und Librium). So knüpfte ich durch das fortschreitende Missbrauchsverhalten das engmaschige Netz, in dem ich wie ein Vogel gefangen war, immer enger. Und ich musste mir den Stoff sehr trickreich auf den Stationen besorgen. Und viele, nicht mehr rekonstruierbare Nächte, trieb ich mich in der Großstadt in anrüchigen Kaschemmen herum. Umgeben von Gegenwartsgescheiterten. Und in den Kneipen war es für mich überlebenswichtig, dass ich jemanden fand, der für mich Alkohol spendierte. Solange ich Alkohol hatte, fühlte ich mich in dieser schlüpfrig-seichten Bodenlosigkeit wohl. Auch Bekanntschaften mit Homosexuellen blieben dort nicht aus. Wieder im Dienst, plünderte ich piratenstückartig die Medikamentenschränke. Ich brauchte rund um die Uhr Rauschverlängerung. Richtig volltrunken im Dienst war ich allerdings noch nicht. Eine bestimmte Wirkung, die mich enthemmte, mich kontaktfähiger machte, war wichtig. Doch die Räusche verzögerten sich von

Mal zu Mal mehr, verloren auch an Intensität. Unaufhaltbar war eine größere Dosis nötig um die gewünschte Wirkung zu erreichen. Und in der Kombination mit Valium waren die Folgen unvorhersehbar schlimm. Im Dienst dachte ich nur an Alkohol, und ich zählte die Sekunden bis zum Dienstende. Zum Kiosk im Krankenhausgelände rannte ich sehr häufig, denn dort konnte ich die Zechen anschreiben lassen. Die alkoholbedingten Vorkommnisse überschlugen sich zahlenmäßig. Und typischerweise meinte ich, dass mein Verhalten für meine Mitmenschen nicht besonders auffällig sei. Dabei gaben die diversen Tabletten, die immer stärker wurden, meinem Suchtverhalten ein gefährliches Gefälle. Einmal war ich eine ganze Nacht in einer Besenkammer eingesperrt, weil ich zuvor mit Alkohol dorthin geflüchtet war. Dann fand mich Krankenhauspersonal in einem Fahrstuhl in einer Lake von Erbrochenem liegend. Der Fahrstuhl war zuvor von mir blockiert worden. Eine ernste Ermahnung durch die Krankenhausverwaltung folgte. Eines Tages wurde ich wegen meines auffälligen Verhaltens ärztlich untersucht, und der Arzt interessierte sich vor allem für die Körperteile

31

an mir, die normalerweise für Injektionen in Frage kommen. Von dem Augenblick an fühlte ich mich dort kontrolliert und beobachtet. Wieder kam es zu einem Suizidversuch mit Schlaftabletten. Noch rechtzeitig kündigte ich das Arbeitsverhältnis. Ein paar Tage später fand ich in derselben Stadt in der Chirurgie eines katholischen Krankenhauses wieder eine Stelle als Krankenpfleger. Dort war es üblich für jede krankenpflegerische Dienstleistung auf den Stationen mit einem Glas Schnaps belohnt zu werden. Das war willkommen für mich, denn so war doch meine Alkoholfahne legal. Ich meinte damals auch, dass ich im Dienst noch voll leistungsfähig wäre, doch diese subjektive Fehleinschätzung stand im Widerspruch zur objektiven Wahrnehmung. Das Personal beurteilte mein Verhalten mit anderen Maßstäben. Alles im Dienst war doch mehr oder weniger Berechnung. Und ich suchte weiterhin nach einem konflikt- und frustrationsfreien Leben. Und die diversen Drogen gaukelten mir zeitweise eine „biografische Schwerelosigkeit" vor. War ich kurzfristig nüchtern, dann flüchtete ich gedanklich in meine Ideenwelt, in meine unreife „Paradies-und-Schlaraffenland-

Erwartung". Dort ließ ich mich wie von einer Meereswoge in eine Traumwelt emporheben. Und nach wie vor plagten mich meine Versagens- und Erwartungsängste. Besonders vor maßgeblichen Autoritäten. Wenn ich unterwegs war, dann suchte ich immer Frauenbekanntschaften, die enthemmende Wirkung des Alkohols gab mir dabei den nötigen „Rückenwind". Die Fähigkeit, meine Probleme, die ja durch meine Abhängigkeit nur noch schlimmer wurden, als eine zum Leben gehörende Herausforderung anzunehmen und nach einer realisierbaren Lösung zu suchen - diese Fähigkeit war mir fremd. In meiner Persönlichkeitsbildung saß irgendwie ein dicker großer Knoten, den ich nicht entknoten konnte. Ich nahm Zuflucht auch in die Welt der Literatur. Dabei wollte und konnte ich den Graben zwischen „Dichtung und Wahrheit" nicht immer wahrhaben. Und Koffein als Wachmacher reichte schon lange nicht mehr. Also suchte ich nach anderen Mitteln. Zu meiner krankenpflegerischen Arbeit gehörte auch das Vorbereiten der Patienten für die bevorstehende Operation. Damals bekam jeder Patient eine halbe Stunde vor der Operation eine

Morphiuminjektion (mit Atropin) zur Ruhigstellung. Aus dem Grund hatte ich Zugang zum Giftschrank. Und jede Injektion musste gewissenhaft als Nachweis ins stationäre Giftbuch eingetragen werden. Der Chefarzt setzte später zur Beglaubigung seine Unterschrift darunter. Eines Tages fühlte ich mich sehr ausgelaugt, auch am Ende meiner Kräfte. Im Giftschrank befand sich neben vielen anderen Drogen auch Dolantin (ein synthetisch hergestelltes starkes Schmerzmittel). Das Weitere lief schnell und wie schon hundertmal erprobt ab: Toilette, Hose runter, Ampulle aufsägen, dann Injektion. Die Wirkung, die schon bald eintrat, empfand ich aber noch nicht besonders angenehm. Doch das Gift bewirkte in meinem willigen Körper, dass die Weltuntergangsstimmung verschwand. Auch das mich Bedrückende verlor seine Aktualität. Schon bald kam es zu Wiederholungen. Dazu gesellte sich die unausbleibliche Sorge, wie ich unbemerkt an den Stoff, den ich brauchte, kommen könnte. Beispielsweise füllte ich zwei von mir vorher injizierte Dolantinampullen mit Wasser auf (auch das Dolantin war farblos), die ich dann wie unbeabsichtigt auf den steinigen Fußboden fallen ließ. Das so in Szene gesetzte Missgeschick meldete ich der Stationsschwester. Wie auch immer, die Nachschubbesorgung war immer sehr problematisch. Noch einmal ließ ich eine ganze Klinikpackung fallen, die insgesamt mit Wasser gefüllt war. Abends, in meinem Zimmer, erlebte ich dann die Wirkung der Drogen auf meinem Bett liegend als Einzigkeitsgefühl. In der Euphorie kam es mir vor als könnte ich wie in einem schwerelosen Emporgehoben - Sein über alle Erdenschwere hinweg schweben. Dazu kam weiterhin Alkohol. Wo ich in der Folgezeit mein suchtbedingtes Unwesen trieb - ich weiß es nicht. Die Injektionen nahmen zu. Morphium kam dazu. Auch Opium. Und jede Spritze, anfangs noch unter Berücksichtigung der Sterilität, löste in mir eine Art „Inselerlebnis" aus. Meine Hemmungen waren wie weggeblasen. Eine nie zuvor gekannte Kontaktfreudigkeit stellte sich ein. Alles um mich herum bekam eine „regenbogenfarbige Lebendigkeit". Eine unsagbare Traumwelt tat sich mir auf. Die Dimensionen verschoben sich, Zeit- und Raumgefühl nahmen andere Dimensionen an. Auf dem Sockel meiner Religion stand nur eine Gottheit: Die Droge. Und alle anderen Gespräche, die inhaltlich einmal Gott berührten, nötigten mir damals nur ein geringschätziges Lächeln ab. Unreflektiert plapperte ich das Nietzsche-Wort nach: „Gott ist tot - Gott ist tot. Riecht ihr nicht, wie er verwest?" Das Rauschgift bekam in meinem Leben nun die Funktion eines Treibriemens, der mein Leben ganzheitlich antrieb. Aber das Zerstörerische konnte und wollte ich nicht wahrhaben. In Abständen, die immer kürzer wurden, musste ich mich den „chemischen Höhenflügen" der Droge hingeben. Und ein Tag ohne die Droge war für mich vergleichsweise wie ein Tag der totalen Sonnenfinsternis. Im Giftbuch häuften sich die Falscheintragungen durch meine Hand. Dolantin allein reichte nicht mehr, Eukodal und Dilaudid kamen dazu. Die Abscheulichkeiten jener Tage, die mit der Beschaffung von Nachschub zu tun hatten, nahmen weiter überhand. Das Rauschgift war der einzige Mittelpunktplatz in meinem Leben. Ich entnahm beispielsweise den Originalflaschen den Inhalt, füllte sie mit destilliertem Wasser auf, das annäherungsweise die Originalfarbe bekam. Noch schlimmer war die Tatsache, dass Patienten von mir nicht mehr die ärztlich verordnete Spritze mit Morphium oder Dolantin bekamen. Weil ich mir die Ampullen spritzte, mussten sich die Patienten mit destilliertem Wasser abfinden. Die Einsicht in das Verwerfliche dieser Tat fehlte mir damals gänzlich. Mit Goethe war das meine Situation: „So taumle ich von Begierde zum Genuss, und im Genuss verschmachte ich nach Begierde." Allein mit eigener Willensanstrengung konnte ich diesen Teufelskreis nicht durchbrechen. Dann, die Zuspitzung war nicht aufzuhalten, beobachtete ich eines Tages die Apothekenschwester im Kellergeschoss. Dort war die Apotheke untergebracht. Und ich wartete auf den Augenblick, in dem sie durch ein Tun derartig abgelenkt wurde, dass ich mich unbemerkt in die Apotheke schleichen konnte. Und wie erwartet fand ich dort, was ich suchte und brauchte: Opiate massenweise. Schnell verschwand ich mit dieser Beute. Zu einem anderen Zeitpunkt versuchte ich mir durch ein Kellerfenster Zugang zur Apotheke zu verschaffen. Allerdings wurde mein Vorhaben durch das unerwartete Dazwischenkommen eines aufmerksamen Menschen vereitelt. Nur durch mein schnelles Weglaufen konnte ich verhindern, dass mich jemand erkannte. Ich bin heute davon überzeugt, dass dem Personal meine Verhaltensauffälligkeit im Dienst aufgefallen sein musste. Meine äußerst ungewöhnliche Pupillenvergrößerung beispielsweise, dazu auch die Lippen- und Mundtrockenheit - das konnte nicht übersehen werden. Das erscheint mir rückblickend eine Erklärung dafür zu sein, dass eines Tages der Zugang zum Giftschrank für mich versperrt war. Nun brach in mir eine Katastrophenstimmung aus. Verzweifelt suchte ich überall nach dem Schlüssel. Auch nach einer plausiblen Erklärung. Mein Körper duldete keine Pause in der Nachschubversorgung. Wenn eine Schwester in das Dienstzimmer ging, dann lief ich wie ein hungriges Raubtier hinter ihr her, und ich verfolgte alle ihre Bewegungen, hoffend, dass sie mir ungewollt in meinem Verlangen nach Stoff entgegenkommen könnte. Doch ohne Erfolg. Alles in mir war ein einziger Schrei nach Füllung meiner inneren Leere durch die Gifte.

Unvergesslich ist mir der Abend, an dem ich den hölzernen Schrank im Dienstzimmer rückseitig aufbrach. Das war im Spätdienst. Und auf der Station war ich allein. Mit meiner Hand konnte ich durch den Spalt, den ich verursachte, in das Schrankinnere hineinlangen. Dann, voller Raffgier, kam es zum Besitzwechsel. Anschließend versuchte ich die Rückwand wieder notdürftig in ihre alte Lage zu bringen. Wunderbar war kurze Zeit später in meinem Zimmer das zeit- und raumvergessende Ausgeliefertsein an die Drogen. Auch das strenge Über-Ich in seiner unbestechlichen Zensur musste verstummten. Ich versteckte einen Teil der Beute. Die Welt um mich herum kam mir wie eine übergroße Wattierung vor, alles war weich. Dazu gedankliche Höhenflüge ins Unvorstellbare. Allerdings schrieb ich bei Tagesbeginn einen Geständnisbrief an die Schwester Oberin. Daraufhin kam sie später in mein Zimmer. Sie wollte mir helfen. Für sie war meine Selbstbeschuldigung im Grunde die Bestätigung dafür, dass sich ihr Verdacht nun konkretisierte hatte. Ein Gespräch mit dem Chefarzt folgte. Daraufhin brachte mich ein Krankenwagen zur Behandlung in eine psychiatrische Abteilung eines bekannten Landeskrankenhauses in Düsseldorf.

6. Der Abgrund

Das stationäre Zusammengepferchtsein war mir aus meinem krankenpflegerischen Dienst nicht unbekannt. Nach ein paar Tagen der Beobachtung im Wachsaal kam ich auf eine offene Abteilung. Als der Stationsarzt mich während der Sozial- und Familienanamnese fragte, ob Alkohol für mich auch ein Problem wäre, verneinte ich. Verharmloste typischerweise auch mein Trinkverhalten. Therapeutisch fand ich dort wenig Hilfe. Und am Rosenmontag verließ ich mit einem Mitpatienten unerlaubterweise die Klinik. Mit der Folge, dass es bei mir wieder zu einem kombinierten Rauschtrinken (mit Tabletten) kam. Alle guten Vorsätze waren im Nu ungültig. Zurück wollte ich auch nicht mehr. Wohin aber? Was tun? Den Mitpatienten, mit dem ich das Landeskrankenhaus verlassen hatte, traf ich am Hauptbahnhof wieder. Es war die Begegnung von zwei Gegenwartsgescheiterten. Wir kamen überein, dass wir in Richtung DDR aufbrechen wollte. Er, weil er verschuldet war, ich, weil ich in meiner Abhängigkeit ein flüchtig Suchender war. Für ihn das erste Mal. Für mich dagegen die Wiederholung. Während der ganzen Irrfahrt gab es zwischen uns nur das Thema Alkohol. Wir fanden schon bald eine Mitfahrgelegenheit in Richtung Kassel. Zwischenzeitlich konnten wir unseren Alkoholbedarf durch Gelegenheitsarbeit sichern. Dabei war unser gemeinsamer Fluchtweg gekennzeichnet durch Einsilbigkeit und Alkoholtrinken. Auch größere Fußstrecken mussten wir in Kauf nehmen. Im Grenzgebiet trank ich mir in einer Dorfschenke noch einmal Mut zum Schritt über die Grenze an. Wie zuvor nahm mir der Alkohol jede Unsicherheit und Hemmung. Verstandesmäßige Überlegungen waren so ausgeschaltet. Die Alkoholwirkung, nur darauf kam es doch an, zerstörte schon im Keim jede Wirklichkeitsbeziehung. Bald überquerten wir das menschenleere Niemandsland. Aber merkwürdig, entgegen meiner bisherigen Erfahrung kam uns kein Grenzsoldat entgegen. Weit und breit war auch keiner zu sehen. Letztlich erreichten wir den hölzernen Wachtturm in seiner schweigenden Standhaftigkeit. Aber noch immer drang kein „Halt" durch die einsame stille Natur. Nun erreichten wir eine mit Kopfsteinen gepflasterte Allee, die

41

schnurgerade zu einem fernen Dorf führte. In diese Richtung torkelten wir mehr als dass wir liefen. Allerdings nicht lange, dann drang Motorenlärm an unsere Ohren, näher und näher kam er. Und zielstrebig hielt ein Auto direkt neben uns. Ein Offizier kam auf uns zu. Er fragte sehr erstaunt im sächsischen Dialekt, woher wir kämen und was wir hier wollten. Unsere Antwort schien ihn doch ein wenig aus der Fassung zu bringen. Er wollte und konnte den Tatbestand nicht wahrhaben, dass wir vorhin ungesehen am Wachtturm vorbei in das Gebiet der DDR gekommen wären. Er brachte uns zur nahen Grenzstation. Dort wurden wir getrennt und kamen in unterschiedliche Zellen. Nach einigen Verhören brachte man mich allein in eine thüringische Stadt. In einem sehr nüchtern ausstaffierten Raum wurde ich lange Zeit mit mehr als nur hochnotpeinlichen Fragen von einer Sonderkommission des Staatssicherheitsdienstes verhört. Ich war in dieser übergangslosen Wegnahme des Alkohols kaum in der Lage gewesen auf seine Fragen zu antworten. In meinem Kopf war eine Art „Riesenfeuerwerk" im Gang. Überraschenderweise kam ich nach ein paar Tagen wieder in ein anderes Lager. Auch dort folgte eine Reihe von Verhören. Nach einiger Zeit bekam ich die Erlaubnis, mir in der Nähe meiner Heimatstadt eine Stelle als Krankenpfleger zu suchen. Diesmal im Operationssaal. Vorübergehend konnte ich mich im Blick auf Alkohol etwas beherrschen. Doch nicht lange, dann suchte ich Gründe zum Weitertrinken. Und der Alkoholiker findet erfahrungsgemäß immer einen Grund, weil er danach sucht wie vergleichsweise der Hund nach dem Knochen. Ich erinnere mich an wilde Saufgelage, an deren Einzelheiten ich mich allerdings nicht mehr erinnern kann. Und dazwischen immer wieder sexuelle Entgleisungen. Im Krankenhaus hatte ich vorwiegend geteilten Dienst. In der Nähe einer Siedlung bewohnte ich ein kleines Zimmer. Meine neue Wirtin erlebte mich schon sehr bald volltrunken. Auch einmal im Zustand einer blutigen Verletzung, die ich mir bei einem Treppensturz zugefügt hatte. Noch war sie augenzwinkernd von einem einmaligen Ausrutscher überzeugt. Zu einer gesunden Selbstwertentwicklung fehlte mir weiterhin der Boden unter den Füßen. Dazu legte ich als Selbstschutz eine Mauer der Unnahbarkeit

43

um mich. Und ich lebte unverändert weltflüchtig und realitätsfremd in den Tag hinein. In meinem Gefühlsleben war ich mimosenhaft überempfindlich, ich war den kleinsten biografischen Unebenheiten wehrlos ausgeliefert. Der schwächste biografische „Fallstrick" brachte mich immer wieder näher an die Pulle und Pille. Ich lebte von „Außenständen der Sehnsucht" und auf dem "Rosenbett meiner Illusionen". Zeitweise sehnte ich mich buchstäblich in die "Mutterbauchharmonie" zurück. Und zu keiner Zeit erlebte ich mich ohne Schuldgefühle. Gesellschaftlich und sozial war ich unangepasst. Doch auch das war eine Seite meines damaligen Lebens: Bücher lesen, vorwiegend interessierten mich philosophische und psychologische Themen. In mir waren viele Fragen, die nach Antwort suchten. Dazu malte ich und beschäftigte mich mit grafischem Gestalten. Aufmüpfig in der Öffentlichkeit war ich nicht. Ich gehörte auch nicht zu den Krawallmachern. Auch die Ahnung kam hin und wieder an die Oberfläche meines Bewusstseins, dass es doch einen anderen Wurzelgrund im Leben geben müsste, einen, der all das Brüchige und Fragwürdige in meinem Leben

44

zunichtemachen müsste. Doch ich fand nicht den richtigen Anknüpfungspunkt für mein unterschwelliges Fragen und Suchen nach einem tragfähigen Sinn. Ich blieb weiterhin ein „Trittbrettfahrer" der einen oder anderen Richtung. Doch das Leben ohne Alkohol war für mich eine einzige Qual. Nach einem exzessiven Rauschtrinken konnte es passieren, dass ich für kurze Zeit ohne Alkohol auskam, aber ohne Drogen nicht. Doch wieder und wieder machte ich die Erfahrung, die der Alkoholiker gut kennt, nämlich dass unerwartete Umstände die ehrliche Absicht, heute nicht zu trinken, wie mit einer einzigen Handbewegung auslöschen können. Und auch das ist Tatsache, dass der Alkoholiker massenweise Rechtfertigungsgründe für sein erneutes Trinken findet. Einfach deshalb, weil er sie finden will. Und der kleinste Schluck Alkohol öffnet der Abhängigkeit wieder weit die Schleusen. Nach dem Fallgesetz der Sucht wurde ich in meinem sozialen Verhalten immer auffälliger. Der Alkohol wirkte bei all meinem Tun wie der Funke an der Lunte. Ich sehnte mich auch weiterhin nach Geborgenheit. Hatte unreife Zuwendungserwartungen, die ich in Nachtbars zu verwirklichen suchte. Mir kamen auch dort im Krankenhaus wieder diverse Opiate in die Hände. Wieder praktizierte ich Beschaffungskriminalität mit viel Raffinesse. Wenn ich schlafen wollte, dann nur mit Hilfe von starken Schlaftabletten. Auch daran erinnere ich mich, dass ich eine Zeit lang nur schwarze Garderobe bevorzugte als Ausdruck dafür, dass meine Grundstimmung depressiv war. Auch die Krawatte war schwarz. In meinen späteren grafischen Arbeiten praktizierte ich auch vorwiegend Schwarz-Weiß-Malerei, auch ein Ausdruck meiner inneren Befindlichkeit. Mein Erröten machte mir nach wie vor Not. Sogar „meine Träume bekamen einen Beigeschmack des gequälten Gewissens", wie Nietzsche es sagte. Nur der Alkohol versetze mich in eine Stimmung, mit der ich mich aushalten konnte. In seine Wirkung bin ich regelrecht hineingekrochen wie in einen Schlafsack. Beim Trinken brauchte ich auch eine bestimmte Musik, von der ich mich einlullen ließ, die ich wieder und wieder hörte. Es kam auch in diesem Krankenhaus auffallend häufiger zu Unpünktlichkeiten. Selten wagte ich mich nüchtern unter Menschen. Ich machte bei jeder Gelegenheit

46

deshalb große Umwege, um der Begegnung mit Menschen auszuweichen. Ich blickte erst in eine Straße hinein, vergewisserte mich, dass sie menschenleer war, dann erst wagte ich mich in die Straße hinein. Das war auch eine Art von „Scheuklappenverhalten". Dann, nach einer durchzechten Nacht mit der Kombination Alkohol plus Tabletten, kam es wiederholt zu einem Selbsttötungsversuch mit Schlaftabletten. Ich signalisierte, das weiß ich heute, meiner Umwelt dadurch meine Lebensuntüchtigkeit. Der Oberpfleger fand mich und brachte mich auf die Station, auf der ich krankenpflegerisch tätig war. Alles in meinem Leben spitzte sich dramatisch zu. Jeder Schluck des Hochprozentigen war ein neuer Nagel am Sarg, den ich mir eigenhändig zu meiner Beerdigung zimmerte. Mein Rauschtrinken wurde immer schlimmer, tage- und nächtelang war ich unterwegs. Im Krankenhaus war ich nicht mehr glaubwürdig. Ich verwickelte mich je länger desto mehr in ein unentrinnbares Lügennetz. Ich verkaufte auch Medikamente, die ich zuvor dort gestohlen hatte, um an Geld für meinen Stoff zu kommen. Ich befand mich indessen schon in der

Abhängigkeitsphase, in der ich gleich nach dem Erwachen Alkohol brauchte. Und schon vor der allgemeinen Ladenöffnung stand ich vor einem Geschäft, um sofort an die Regale mit dem Hochprozentigen zu kommen. Mein Dienstverhältnis war nur noch eine Frage der Zeit. Und der Mietrückstand war nicht mehr aufzuholen. In meinem Stammlokal stand ich tief in der Kreide. Beim Personal war ich ebenfalls verschuldet. Hier und da beging ich einen Diebstahl, um an den nötigen Stoff zu kommen. Noch rechtzeitig kündigte ich im Krankenhaus. In meiner Heimatstadt bekam ich wieder eine Stelle als Krankenpfleger. Nach Dienstschluss war ich größtenteils in verruchten Kneipen anzutreffen - allein und flüchtig. Auch schon in den frühen Morgenstunden machte ich mich dorthin auf. In jenen Tagen empfand ich die „Kneipe als die einzige Stätte, die sich mir gastlich öffnete" (Jack London). Und das Bezahlen der Zeche wurde für mich immer unmöglich. Meinen Hunger stillte ich heimlich im Krankenhaus mit den Küchenabfällen. Ich entwickelte langsam ein System im Blick auf meine Zechprellerei. Zuerst schaute ich mir die Kneipe an, dann das

48

dazugehörige Toilettenfenster. Es musste ja geeignet sein für meine Fluchtabsicht. Und wenn ich die Menge Alkohol intus hatte, die ich brauchte, dann wartete ich auf einen günstigen Augenblick um auf Nimmerwiedersehen durch das vorher ausgekundschaftete Toilettenfenster zu verschwinden. Ich wechselte immer die Kneipen. Auch die umliegenden Dörfer kamen an die Reihe. Überall klappte es. Dann setzte mich eines Tages meine Wirtin erwartungsgemäß an die Luft. Ihr reichte es. Jetzt stand ich wiederholt auf der Straße. Kampierte recht und schlecht auf Parkbänken. Auch in Friedhöfen fand ich Schlafmöglichkeiten. Nicht weniger in abgestellten Zügen. Auch in leerstehenden Gartenlauben und in öffentlichen Toiletten. Und meine Zechbetrüge dehnte ich immer weiter aus. Erstaunlich, wie viel Kraftaufwand ich für dieses frevelhafte Tun mobilisieren konnte. Zechbetrug reihte sich an Zechbetrug. Rausch folgte auf Rausch. Noch immer war meine Alkoholverträglichkeit so, dass ich selten volltrunken war. Wenn ich heute auf diese Zeit zurückblicke, dann waren diese durchzechten Tage eine fugenlose Aneinanderreihung von

49

Abgrunderlebnissen. Und gegen die qualvollen „Guerillakämpfe" meines Gewissens, die hinterher immer auftraten, wirkte nur Alkohol. Alles war doch ein aussichtsloses „Im-Kreis-Irren".

7. Gefängnis und Psychiatrie

Dann wieder eine Zuspitzung: Ich schlich mich in meiner Freizeit heimlich auf die Station. Und dort konnte ich unbemerkt wie in nachtwandlerischer Sicherheit diverse Opiate erbeuten. Auch vor Alkoholdiebstählen in Geschäften schreckte ich nicht mehr zurück. Schließlich und endlich wurde ich auf frischer Tat festgenommen. Ich kam in Untersuchungshaft. Zunächst Einzelzelle, später gegen meinen Willen Gemeinschaftszelle. Ich legte ein umfassendes Geständnis ab, verharmloste aber auch dort meine Alkoholabhängigkeit. Die anderen Diebstähle, die ja in der damaligen DDR ein kriminelles Vergehen gegen das Volkseigentum waren, verschwieg ich wohlweislich. Bei der späteren Gerichtsverhandlung, die öffentlich bekannt gemacht wurde, wurden meine Taten als staatsfeindliches Verbrechen verhandelt. Neben Zechbetrügereien wurde ich auch noch wegen Passvergehens angeklagt. Ich wurde zu einer vierzehnmonatigen Gefängnisstrafe ohne Bewährung verurteilt. Durch eine Amnestie wurde ich vorzeitig entlassen. Nach meiner

51

Gefängnisstrafe (in meiner Heimatstadt) lebte ich in der DDR auch weiterhin nicht gesellschaftlich angepasst. Ich befand mich weiterhin im „Zangengriff" meiner Alkoholabhängigkeit. Ein festes Arbeitsverhältnis hatte ich auch nicht. Eines Tages wurde ich in einer Kneipe kommentarlos verhaftet. Verhöre durch den Staatssicherheitsdienst folgten. Und kurze Zeit später wurde ich als ein „republikfeindlicher Schmarotzer" mit dem Zug und Bewachung in den Westen abgeschoben. Es war das Jahr 1961. In Berlin wurde die Mauer gebaut. In der Grenzstadt Helmstedt wurde ich dem Dienst habenden Zoll übergeben. Lageraufenthalte in Niedersachen und Nordrhein-Westfalen folgten daraufhin. Einige Zeit später wurde ich in Hamm wegen fahrlässiger Brandstiftung (in einer alten Scheune hatte ich übernachtet und dabei kam es zum Brand) zu einer neunmonatigen Gefängnisstrafe verurteilt. Während meiner Haftzeit verstärkte sich meine Tablettenabhängigkeit. Ich konnte Mitgefangene durch Tabak dazu gewinnen für mich in der Krankenstation diverse Tabletten zu besorgen. In der Folgezeit kam es in verschiedenen

Justizvollzugsanstalten (z.B. Hannover und Werl) aufgrund von Beschaffungskriminalität zu unterschiedlich langen Gefängnisstrafen. Ich bevorzugte Einzelzelle (damals noch möglich). Zwischendurch erfolgten psychiatrische Einweisungen. Ich war ein sogenannten „Drehtürpatient". Nach der Entlassung aus der Strafvollzugsanstalt wurde ich sehr bald massiv rückfällig. Ich versuchte u.a. als Geschirrspüler den Anschluss ans Leben zu finden. Und dort gab es Freibier. Bereits der erste Tropfen Alkohol nach langer Zeit der erzwungenen Enthaltsamkeit wirkte als Initialzündung für das folgende Nicht-mehr-aufhören-Können. Und noch immer leugnete ich die Tatsache, dass ich ein chronischer Alkoholiker war. Ich meine, dass diese Kurzsichtigkeit typisch für den Alkoholkranken ist. Nach kurzer Zeit war ich wieder ohne Arbeit. Und von Mal zu Mal gefährlicher driftete ich ab in die Randgebiete der Stadt, denn dort fand ich eher eine Übernachtungsmöglichkeiten als im Stadtzentrum. Ich konnte mich in einem Heuhaufen tagelang passiv aufhalten, unfähig irgendwelche Schritte zu tun. Dabei erlebte ich den Hunger weniger schlimm als ohne Alkohol zu sein. Doch meine Ausweglosigkeit machte mich bewegungsunfähig. Wie gelähmt lag ich dort in der duftenden Heufülle. Und sehnsüchtig dachte ich an die Geborgenheit einer Gefägniszelle zurück und wünschte mir ihre Beengtheit zurück. Wieder öffnete ich gewaltsam nach Einbruch der Dunkelheit einen Zigarettenautomaten. Dabei wurde ich unerkannt beobachtet. Die Polizei kam und nahm mich mit zur Polizeistation. Bei der späteren Gerichtsverhandlung wurden mir durch ein psychiatrisches Gutachten mildernde Umstände zugebilligt. Und nach einem Jahr Gefängnisstrafe wurde ich nach einem erneuten Selbsttötungsversuch in das zuständige Landeskrankenhaus verlegt. Ein paar Wochen dauerte mein Aufenthalt dort. Nach der Entlassung nahm ich eine Arbeit mit Unterkunft in der Hotelbranche an. Die Großzügigkeit der Kurgäste, vor allem der Frauen, brachte mir täglich eine beachtliche Summe Trinkgeld ein, welche ich in Alkohol umsetzte. Auch dort war Nüchternheit eine seltene Ausnahme. Filmrisse und Exzesse gaben sich die Hand. Dann, nach einer trinkfreudigen

Geburtstagsfeier, passierte es, dass ich in der kleinen Stadt in der Schaufensterauslage eines Bekleidungsgeschäftes aufwachte. Ein großes Loch in der Schaufensterscheibe zeugte von Gewaltsamkeit, die auf mein Konto ging. Einen nagelneuen Anzug hatte ich in meiner „Schaufensterpuppen-Pose" an. Vorbeigehende Passanten entdeckten mich und verständigten die Polizei. Nach einer Blutprobe kam ich umgehend in das Landeskrankenhaus, aus dem ich vor kurzem erst entlassen worden war. Dort blieb ich aufgrund eines gerichtlichen Beschlusses bis zum Haupttermin. Nach einer notwendigen Beobachtungszeit wurde ich bald auf eine halboffene Abteilung verlegt. Ausgang wurde mir nicht gewährt. Bei der späteren Gerichtsverhandlung wurde ein psychiatrisches Gutachten erstellt, das meine weitere Unterbringung in eine geschlossene Anstalt begründete. Der Passus des Gutachtens lautete ungefähr: Neuropsychopathie mit Polytoxikomanie. Die Unterbringung war an keine befristete Zeit gebunden. Nach einem Jahr erfolgte meine Entlassung, nachdem ich Arbeit und Unterbringung nachweisen konnte: Wieder im Gaststättengewerbe. Mein zukünftiger Chef war über mich durch den behandelten Arzt bestens informiert. Meine Entlassung war widerrufbar. Das Ausflugsrestaurant, in dem ich nun arbeitete und wohnte, lag an einem See außerhalb der Stadt. Ich war dort Hausmeister, Gärtner und Geschirrspüler in einer Person. Frühmorgens war es meine Aufgabe die Theke mit diversem Alkohol aufzufüllen. Eine Herausforderung, der ich nicht gewachsen war. Auch uneingeschränkten Zugang zum Bier- und Weinkeller hatte ich anfangs. Die ersten Tage schaffte ich es alkoholfrei durch den Tag zu kommen. Aber nicht spannungsfrei. Und von Tag zu Tag wurde ich kribbeliger. Dann fing ich wieder mit einem Bier an. Das war der Funke an der Lunte zum Pulverfass. Schon in aller Herrgottsfrühe konsumierte ich noch kontrolliert Bier vom Fass. Aber beim gemeinsamen Mittagessen lehnte ich zum Schein jeglichen Alkohol ab, um den Eindruck zu erwecken, dass ich keinen Alkohol mehr brauchte. Alles war ja Berechnung, war Planung. Und die beiden Töchter des Wirtes konnte ich dazu manipulieren „Handlangerdienste" für meine Sucht zu machen. An den Abenden, wenn ich allein in meinem Zimmer war, erlebte ich das Schweigen der vier Wände sehr erdrückend. Ich las viel, doch leider hinderte mich der Alkohol daran meine Lesebereitschaft zu pflegen. Ich suchte noch immer die „heile Welt". Doch die Wirklichkeit war eine andere. Ich erlebte das Grau-in-Grau des sinnlosen Auf-der-Stelle-Tretens immer bedrohlicher. Auch bedrückte mich mein Leben ohne jede Perspektive sehr. Gleichzeitig lag ich immer noch im Clinch mit meiner fehlgeleiteten Sexualität. Dazu kamen subjektive Schuldgefühle, die tonnenschwer auf mir lasteten. Nur mit Alkohol konnte ich mich in eine Scheinwelt hineinretten, die mich für die Länge des Rausches von jeder realen Bodenberührung befreite. Eines Tages sagte mein Chef zu mir, dass er mich jederzeit in die Psychiatrie zurückbringen könnte wenn ich nicht sofort Schluss machen würde mit der Sauferei, die ja schon zum Himmel schreie. Dorthin zurück wollte ich aber keinesfalls. In dieser Befürchtung rannte ich mitten in der Arbeit in das nächste Dorf. Dort betrank ich mich bis zum Umfallen in der Dorfkneipe. Erst nach Mitternacht machte ich mich sehr schwankend auf den

Rückweg. An Einzelheiten kann ich mich kaum noch erinnern. Später wachte ich in einem Straßengraben neben der baumbestandenen Allee auf. Total durchnässt, weil in dem Graben noch etwas Wasser stand. Mir gelang schließlich die Befreiung aus dem Graben. Plötzlich wurde ich mit ein paar Faustschlägen niedergeschlagen. Alles ging sehr blitzschnell. Aus dem Hinterhalt. Verletzt war ich nicht. Dann hielt ein Auto neben mir. Eine mir bekannte Stimme drang an mein Ohr: „Wenn das noch einmal vorkommt, bringe ich dich eigenhändig zurück." Am anderen Tag erfuhr ich, dass mein Chef mir auf diese Weise einen Denkzettel verpassen wollte. Meine unerlaubte Eigenmächtigkeit war ihm über die Hutschnur gegangen. Nun kamen Wutgefühle ihm gegenüber in mir hoch. Nach diesem Vorfall musste ich mir ein absolutes Alkoholverbot gefallen lassen. Doch ich war abhängig. Ich brauchte Alkohol. Was tun? Also schlich ich mich in aller Frühe in die Gasstätte. Dort leerte ich gierig die Reste in den Gläsern der Gäste vom Vorabend. Einmal stillte ich meine Gier nach Alkohol von einer Bierlache auf dem Fußboden. Doch das war ja nur ein Tropfen auf dem heißen

Stein. In der Küche leerte ich bis zur Hälfte die Schnapsflaschen, die dort eiskalt für ein bestimmtes Essen aufbewahrt wurden. Ich füllte anschließend Wasser nach und meinte, dass es so nicht auffallen würde. Im Weinkeller, in dem massenweise Wein lagerte, schnitt ich ein handgroßes Loch in die aus Maschendraht bestehende Absperrung. Dann griff ich hindurch und angelte mir nach und nach einige der dort lagernden Weinflaschen. Das Loch machte ich hinterher so zu, dass auf den ersten Blick nichts zu erkennen war. In einem kleinen Bunker aus dem 2. Weltkrieg, der zum Grundstück gehörte und in welchem Kartoffeln gelagert waren, kippte ich den Wein in mich hinein. Den Zustand des Betrunkenseins erreichte ich schon lange nicht mehr richtig. Ich musste auch öfters als bisher brechen. In dem dickwandigen und lärmundurchlässigen Bunker überkam mich immer ein tiefes Gefühl des Geborgenseins. Mir war zumute, als wäre ich wieder im Mutterleib eingebettet (in der Psychologie gibt es den Begriff "Uteruskomplex"). Einige Zeit konnte ich mich dort wie unerreichbar aufhalten. Oben stellte das Personal Mutmaßungen über mein Verschwinden an. Tatsache war: Ich bekam das Leben in keiner Weise unter die Füße. Auch Hotelgäste machte ich zu meinen Opfern. Das gestohlene Geld setzte ich in Alkohol um. Schlimm war auch meine alkoholbedingte Eifersucht. Ich legte mich einmal mit einem Küchenmesser wie ein Wegelagerer vor dem Haus auf die Lauer, weil ich auf die eine Tochter meines Chefs grundlos eifersüchtig war. Nur das Dazwischenkommen der Hunde verhinderte letztendlich Schlimmeres. Gott sei Dank! Und wenn ich abends allein in meinem Zimmer saß, wenn möglich lesend, dann überkam mich nicht selten eine Art „werther'ische Todessehnsucht". Das wünschte ich mir wiederholt: „Ich wollte am liebsten sterben, dann wär's auf einmal still..." Eines Tages erwischte mich mein Chef, wie ich gerade Wasser in eine halbleere Schnapsflasche füllen wollte. Er war außer sich. Wutschnaubend und schreiend lief er durch das Haus. In meinem Zimmer trank ich kurzschlussartig Nitroverdünnung. Dabei war mir zumute, als würde sich mein Gaumen in einzelne Fetzen auflösen. Ich wurde augenblicklich und unerbittlich zurück ins Landeskrankenhaus gebracht. Und nach der

Notbehandlung musste ich dortbleiben. Später kam ich wegen einer infektiösen Hepatitis als Folgeerscheinung in die Infektionsabteilung des zuständigen Krankenhauses. Die Leber streikte. Die Fachliteratur sagt, dass eine Flasche Wein pro Tag die Entgiftungsfunktion der Leber stark reduziere. Wieder im Landeskrankenhaus wurde mir der Widerruf meiner bedingten Entlassung ausgehändigt. Nach einem Jahr wurde ich als ein Grenzfall in eine andere psychiatrische Klinik verlegt. Die meisten Patienten waren wie ich Gerichtsfälle. Dort lebte ich mit vielen Patienten auf engstem Raum mit vergitterten Fenstern und verschlossenen Türen. Und unvorstellbare Not. Um den ganzen Komplex war eine dicke Mauer. Viele Sexualtäter waren dort untergebracht. Auch pathologische Brandstifter. Tagsüber arbeitete ich in der Schneiderei. Auf der Station schrieb ich täglich für Mitpatienten Briefe und Entlassungsgesuche. Auch kunstgewerblich konnte ich dort tätig sein. Ebenso durfte ich krankenpflegerisch bei bettlägerigen Patienten mithelfen. Mir kommt es heute in der Rückschau unvorstellbar vor, dass ich die mehr als 3 1/2 Jahre dort so unbeschadet überlebt habe. Ich verdanke zu einem großen Teil den Aufgaben, die ich dort übernommen habe, mein Überleben in der geschlossenen Psychiatrie. Auch dort beschäftigte ich mich viel mit Literatur. Auch mit der Malerei. Mich interessierten auch psychologische Fragen. Denn ich suchte nach den biografischen Hintergründen meiner Mehrfachabhängigkeit. Medikamente bekam ich dort nicht. Dafür musste ersatzweise starker Kaffee oder Tee die Lücken ausfüllen. Eine gezielte Therapie wurde dort auch nicht praktiziert. Das Vordergründige war das Isoliert-Sein. Und doch spürte ich wieder und wieder eine unbestimmte Kraft, für die ich keinen Namen hatte, die mich aber davor bewahrte der totalen Resignation zu verfallen. Ich versuchte jedem Tag so gut wie möglich Sinn und Inhalt zu geben.

8. Vergiftet

Nach 3 Jahren und 6 Monaten wurde ich bedingt entlassen. Mir war zumute, als ich den ersten Schritt in die Freiheit tat, als würde mich ein übergroßer Scheinwerfer anstrahlen. Ich war wie geblendet. Und noch menschenscheuer. Durch ein Zeitungsinserat fand ich eine Stelle in der privaten Altenpflege. Meine zukünftige Chefin holte mich persönlich mit ihrem Auto ab. In Norddeutschland gehörte ihr ein Altenheim. Während der langen Autofahrt war ich ohne Alkohol kaum fähig, mich mit ihr zu unterhalten. Für eine kurze Zeit war ich auch hoffnungserfüllt. Vor Ort machte mir der Dienst mit den Altershilfsbedürftigen Freude. Doch nicht lange, dann war es wieder der Alkohol, der seine zerstörerischen Breschen in mein Leben schlug, von Mal zu Mal schlimmer. Nach Dienstschluss gehörte ich mir ganz allein. Ohne jegliche Verpflichtung. Und der gutgemeinte Versuch meiner Chefin, mir in ihrem Haus Familienanschluss zu ermöglichen, prallte an mir ab wie Wasser auf Öl. Viele Male war ich dafür nächtelang in Hamburg. Im Handumdrehen konnte ich mit der S-Bahn dorthin

63

fahren. Auch in diesem Altenheim hatte ich Zugang zum Medikamentenschrank. Und in ihm fand ich einen großen Vorrat diverser Medikamente, um meine unfreiwillig unterbrochene Selbstmedikation fortzusetzen. Valium bevorzugte ich. Wie schon zuvor kamen auch wieder diverse Opiate dazu. Bei meinen nächtlichen Aufenthalten in der Hansestadt häuften sich die immer gefährlicher werdenden „biografischen Talfahrten" und sie bekamen eine gefährliche Neigung. Nein, den vielversprechenden Verlockungen der nächtlichen Fragwürdigkeit und Anrüchigkeiten der Großstadt konnte ich nur selten widerstehen! Auch flüchtige Nachtbekanntschaften gehörten wieder dazu. Zurück blieben immer Schalheit und Schuldgefühle. Und auch das Bewusstsein des Ausgelaugt-Seins. Gegen die Müdigkeit nahm ich verstärkt Wachmacher. Auch mit Homosexuellen machte ich wieder Bekanntschaft. Da ich für meine Bahnfahrten nicht das Fahrgeld hatte, wurde ich zum „Schwarzfahrer" ohne allerdings erwischt zu werden. Auch einige Zechbetrüge kamen wieder auf mein Konto. Dann, nach einer durchzechten Nacht, nahm ich auf einem Bahnsteig eine Überdosis Valium. Als ich zu einem späteren Zeitpunkt wieder zu mir kam, befand ich mich in einer Ausnüchterungszelle der Polizei. Daraufhin war mein neues Arbeitsverhältnis auch schon sehr brüchig. Im Altenheim und in meinem Zimmer legte ich mir einen Alkoholvorrat an. Auch Medikamente deponierte ich. Und Schulden machte ich überall. Unheimliche Gedanken durchjagten mein alkoholvergiftetes Gehirn wie Vögel aus einem Horrorfilm. Ich brauchte Alkohol in jeder nur erdenklichen Form. Rasier- und Haarwasser kippte ich in mich hinein. Tropfenweise suchte ich den Alkohol. Und manchmal brachte ich aus Hamburg zwielichtige Bekanntschaften mit in mein Zimmer, die ich dort zeitweise versteckte. Dann hatte ich Nachtwache. Ich erinnere mich noch, dass auf der Station nach Mitternacht eine dem Ruf nach vermögende Frau starb. Sie hatte aus ihrem Reichtum kein Geheimnis gemacht. Unter der Matratze fand ich bündelweise Geld. Nun gab es für mich keinen Halt mehr und ich verschwand mit dem Geld Hals über Kopf in Richtung Hamburg. Gegen die „Hätte – ich - doch – nicht - Anklagen" wirkte nur und verstärkt die Droge Alkohol. Und ich stürzte mich in der Millionenstadt in die unberechenbare

Launenhaftigkeit der Nacht. In Altstadtkneipen wurde ich hautnah mit dem nackten Elend des Alkoholismus konfrontiert. Tage- und nächtelang trieb ich mich dort herum, dem Blatt gleich, das von Sturmböen hin- und her gewirbelt wird. Und Prostituierte lernte ich kennen, die mit Kennerblick meine Unerfahrenheit abschätzen konnten. Doch der Alkohol war stärker. In Ermangelung echter Zuneigung, die es dort nicht gab, umarmte ich doch lieber die „Geliebte aus der Flasche", die mich nicht im Stich ließ. Auf Parkbänken und in Hauseingängen versuchte ich zu schlafen. Auch auf dem Gehweg in der belebten Fußgängerzone. Schließlich lief ich einer Sekte, die aus Holland kam, in die Arme. Wie eine Fundsache nahmen sie mich in ihrem großen Wohnmobil mit. Mir kam zunächst die Situation irgendwie gelegen. Denn Gedanken an Selbsttötung trieben mich um, machten mir große Angst. Alkohol gab es dort nicht. Die Sekte wollte mich für ihre Mission gewinnen. Die Gruppe erzählte mir von einem Propheten, der in Holland seinen Thron hätte. Er wäre der richtige Messias. Mir war dabei nicht wohl in meiner Haut. Das gefiel mir instinktiv nicht. Ich spürte die Irreführung und verschwand wieder in einem günstigen Augenblick. Filmriss reihte sich an Filmriss. Auch geografische Verirrungen kamen dazu. In einer Kleinstadt wachte ich irgendwann wieder auf. Ich wusste nicht, wie ich dort hingekommen war. Die Zunge klebte mir am Gaumen wie eine Fliege am Fliegenfänger. Ich fühlte mich so zusammengefallen, so erbärmlich saft- und kraftlos, dass ich am liebsten in ein Mäuseloch gekrochen wäre. Auch der Hunger war übermächtig. In Abfallbehältern suchte ich nach Essensresten. Ich bemühte mich in dieser Zeit auch um eine berufliche Umschulung. Doch der Alkohol zerstörte wie schon zuvor meine diesbezüglichen Bemühungen.

Teil 2

1. Die Geliebte aus der Flasche

Mittlerweile war ich Mitte 30 und (zumindest standesamtlich) verheiratet. Es hatte mich inzwischen auf Irrwegen nach Nürnberg verschlagen. Meine Frau Felicitas, eine Kunstmalerin, welche ich über Briefkontakt kennengelernt hatte als ich wieder einmal in der Geschlossenen saß und mein Leben seinen Tiefpunkt erreicht hatte, wurde von Anfang an rücksichtslos in den Prozess des Alkoholismus hineingezogen. Sie musste das Ganze ohne Alkohol aushalten. Ich dagegen konnte mich durch Betäubung aus jeder Verantwortung heraushalten. Eine Bestätigung mehr für die Tatsache, dass Alkoholismus eine Familien- und Umweltkrankheit ist. Doch aus der anfänglichen Hoffnung wurde je länger umso mehr Resignation. Für mein tägliches Trinken-Müssen legte ich mir eine große Palette von Rechtfertigungsgründen zu, und es war nicht schwierig, sie an den Haaren herbeizuziehen. Auch Heimlichtuerei kennzeichnete diese Zeit. Dazu Lügen über Lügen. An Stellen, die mir heute unvorstellbar erscheinen, hortete ich Alkohol. Dabei konnte es passieren, dass ich mich an einige Verstecke hinterher nicht mehr erinnern konnte. Und wurden meine Verstecke entdeckt, dann konnte ich wie eine Bestie reagieren. In jedem Entdecken der versteckten Flasche sah ich eine Kampfansage gegen mich, und dagegen musste ich mich auf Biegen und Brechen wehren. Mir war dann immer zumute, als würde mir durch das Entdecken der Flasche der Lebensnerv durchgeschnitten. Auch Zeiten waren dabei, in denen ich meine Frau zum Mittrinken animieren wollte. Und wenn sie mitmachte, dann bekam mein Trinken auf diese Weise einen legalen Rahmen. Auch meine Schuldgefühle konnte ich so zweiteilen. Das war Selbstbetrug und Berechnung. Und bei jeder sich bietenden Gelegenheit provozierte ich Felicitas mit fadenscheinigen Verdächtigungen. Der so ausgelöste Krach lieferte mir wieder einen vermeintlichen Grund, den ich geradezu suchte, um außerhalb der Wohnung dem Alkohol zu frönen. Meine Frau besaß damals kein Fachwissen. Sie wollte alles mit der Sprache des Herzens in Ordnung bringen. Und oft brachte ich sie in eine

69

Situation, in der sie auch als Selbstschutz die Polizei um Hilfe holen musste, weil ich mich beispielsweise in der Toilette oder im Bad verschanzt hatte. Auch daran erinnere ich mich, dass es zu wiederholten notärztlichen Einweisungen wegen Alkoholintoxikation kam. Mein Trinkverhalten nahm zunehmend die Form der Besessenheit an. Und das auch außerhalb unserer Wohnung. Und für die Nacht brauchte ich diverse Schlaftabletten. Auch die von Mal zu Mal in einer Phase der seltenen Nüchternheit anberaumten Termine für die beruflichen Einstellungsgespräche konnte ich nicht einhalten. Es stimmte hinten und vorne nicht. Lügen und Unaufrichtigkeiten gaben sich wechselseitig die Hand. Und auch Reden und Handeln waren nicht deckungsgleich. Mein morgendliches Trinken hatte zur Folge, dass Felicitas häufig unpünktlich ins Büro kam. Dadurch entstanden verständlicherweise in ihrem Arbeitsverhältnis immer mehr nicht wiedergutzumachende Risse. Jeder Pfennig wurde von mir in Alkohol umgesetzt. Und keine Nacht konnte ich mehr schlafen. Heftige Schweißausbrüche kamen dazu. Auch

Nervenzuckungen und alptraumartige Träume. Ich erinnere mich auch daran, dass ich meine Frau mitten in der Nacht aufweckte, ohne erkennbaren Grund, und sie dazu nötigte und aufforderte, mich mit ihrem Auto irgendwohin zu fahren. Ein namenloses Fernweh hatte mich wieder gepackt, trieb mich um. Diese wahnwitzigen „Nacht- und Nebelaktionen" spitzten sich je länger umso mehr zu. Felicitas erzählte mir später, dass ich als Beifahrer (ich hatte keinen Führerschein) meinen Fuß auf das Gaspedal setzte und dabei die Geschwindigkeit bestimmte. Unsagbare Todesängste musste sie gehabt haben. Sie war ja gänzlich hilflos. Und ich selbst besaß kein reales Gefahrenbewusstsein. Derartige nächtliche Ausbruchversuche waren für sie ein einziges Ohnmachtserlebnis. Es konnte auch geschehen, dass sie mit mir in eine unbekannte Stadt fahren musste, um dort am Bahnhof zu halten, damit ich mir mein Bier holen konnte. Eine Wahnsinnstat! Einmal kamen wir auf der Autobahn in einen heftigen Schneesturm, und wir mussten uns ein Hotel zum Übernachten suchen. Ich bestellte Sekt. Am anderen Morgen bezahlte ich mit einem ungedeckten Scheck. Auf dem Heimweg wiederholten wir unterwegs an einer Tankstelle das Betrugsmanöver. Schuld kam zu Schuld, Vergehen zu Vergehen. Dann war ich tage- und nächtelang unauffindbar verschwunden. Die Zechtouren summierten sich und waren an Heftigkeit und Gefährlichkeit kaum zu überbieten. Manchmal kam ich mit einem Taxi zurück ohne bezahlen zu können. Für Zechschulden, die ich irgendwo in der Stadt gemacht hatte, bekam Felicitas ebenfalls die Rechnung präsentiert. Auch konnte es passieren, dass ich längere Zeit wie vom Erdboden verschwunden war, dann musste die Polizei eingeschaltet werden. Und bei akuten Alkoholvergiftungen wurde ich mit Blaulicht in ein Krankenhaus eingewiesen. Die Gerichtsvollzieher gaben sich die Türklinke in die Hand. Dann verkaufte ich eines Tages das Klavier meiner Frau, ohne nach ihrer Zustimmung zu fragen. Und die langen Telefongespräche, die ich betrunken führte, summierten sich zu einer unbezahlbaren Telefonrechnung. Die Verschuldungen, die auf alle Lebensbereiche übergriffen, brachten uns an den Rand des Abgrundes. Die Wohnung wurde uns gekündigt. Und wir fanden nach langem Suchen eine kleine Wohnung bei dem Besitzer einer Getränkegroßhandlung. Allerdings mit der Auflage, dass ich nach Feierabend im Lager Bierkisten stapeln müsste. Dadurch, meinte der Vermieter, würde sich die Miethöhe etwas reduzieren. Der Getränkegroßhändler hatte auch den Standpunkt, dass für den Alkoholiker die wirksamste Therapie noch immer die wäre, mit Alkohol konfrontiert zu werden, ohne dabei auch nur einen Tropfen zu trinken. Bei einem Rückfall, wurde mir angekündigt, wäre die sofortige Wohnungskündigung die Folge. Wie konnte ich das aushalten? Der Suchtdruck war ja immer präsent, die Probleme noch nicht gelöst. Ich war nach wie vor unfähig Konflikte altersentsprechend und realitätsbezogen zu lösen. Ich wollte sie auch nicht wahrhaben. Ich lebte weiterhin auf dem „Rosenbett der Illusionen". Doch ich konnte die Bedingungen in der Getränkegroßhandlung nur für sehr kurze Zeit erfüllen. Letztendlich trank ich im Kühlhaus Bier. Arbeitsmäßig war ich als Lagerarbeiter beschäftigt. Nach ein paar Tagen holte ich mir wie drehbuchmäßig auch dort Vorschuss. Auf

Nimmerwiedersehen. Ich kam in keiner Weise mit dem Leben und mit mir zurecht. Wie hat doch der Fachmann (Cario) recht, wenn er sagt: „Immer wieder bedeutet die Sucht einen Versuch, Lücken und Leeren im seelischen Bereich auszufüllen und zu überbrücken." Zuhause hortete ich an den unmöglichsten Stellen Alkohol, um keine Versorgungslücke entstehen zu lassen. Eines Tages, als Felicitas früher als erwartet nach Haus kam, konnte ich ihr den Anblick meiner Volltrunkenheit nicht ersparen. Das ganze Geld für den Haushalt hatte ich vertrunken. Eine wortreiche Auseinandersetzung folgte. Sie hatte zuvor eine Schnapsflasche gefunden - und sie ausgekippt. Dieses Verhalten löste in mir eine heftige Gegenreaktion aus. Das war für mich eine Art „Kriegserklärung". Meine Frau musste ich als meine potentielle Feindin betrachten, denn sie wollte mir die „Geliebte aus der Flasche" wegnehmen, deshalb musste ihr der Kampf angesagt werden. Ich stürzte mich wie eine Furie auf Felicitas und entwickelte dabei unvorstellbare Kräfte. Und ich schlug wie blind vor Wut auf sie ein. Ich verletzte meine Frau, weil sie meine einzige „Lebensquelle"

74

zerstören wollte. Dann kletterte ich aus dem Fenster im Erdgeschoss, und ich rannte und rannte wie von einer Tarantel gestochen einem unbekannten Ziel entgegen. Neben einer Müllhalde wachte ich später auf. Dann ging ich zum Bahnhof, ängstlich, befürchtete ich doch, dass mich die Polizei erwischen könnte. Und dort erbettelte ich mir Bier, erzählte Geschichten vom enttäuschten Ehemann. Letztendlich lief ich dort doch noch einer Polizeistreife, die Felicitas verständigt hatte, in die Arme. Die Einweisung in das zuständige Landeskrankenhaus war die Folge. Mit Gerichtsbeschluss. Durch ihr wiederholtes Zuspätkommen, das ich verursacht hatte, verlor meine Frau auch noch ihre Arbeit. Wie sollte es nun weitergehen? Keine Wohnung. Schulden überall. Ohne Arbeit. Im sozialen Abseits. Ich spürte von Tag zu Tag deutlicher, wie sich die Schlinge eines unsichtbaren Henkers unentrinnbar um meinen Hals legte. Auch dort, in der Psychiatrie, fehlte die Möglichkeit zur psychotherapeutischen Behandlung. In der Beschäftigungstherapie machte mir das Kreativsein wie immer Freude. Doch noch erkannte ich nicht das Wirklichkeitsganze unserer

Situation. Die Ausweglosigkeit entzog sich weiterhin meiner tieferen Einsicht. Unvorstellbar schlimm war auch die Schuldzuweisung zwischen meiner Frau und mir. Wie bombardierten uns täglich mit „Hätte – ich – doch – nicht - Anklagen". Das Wort Scheidung wurde zwischen uns zu einer Art „Schlagtotwort". Auch ein Wohnungswechsel brachte noch keine durchgreifende Veränderung. Nach der Entlassung schaffte ich ein paar Tage ohne Alkohol, Felicitas hoffte auch wieder. Doch der Rückfall war unvermeidbar. Nach dem ersten Glas kam es wieder zu dem Ohnmachtserlebnis, das der Alkoholiker so gut kennt, wenn er zum soundsovielten Mal die Erfahrung machen muss, dass er nach dem ersten Schluck nicht mehr rechtzeitig die Bremse anziehen kann, weil die Totalvereinnahmung durch den Alkohol stärker ist als jede noch so ernsthafte Willensanstrengung. Meine Frau war auch der Meinung, dass der neue Wohnbereich im Grünen sich positiv auswirken müsste auf mein Trinkverhalten. Ich fand wieder aushilfsweise eine Arbeitsstelle, diesmal in einer Fabrik. Währenddessen wurden wiederholt durch das zuständige Arbeitsamt berufliche

Rehabilitationsmaßnahmen eingeleitet. Vorher war eine Berufsfindungsmaßnahme nötig. Felicitas gegenüber machte ich zum ersten Mal das Versprechen mit dem Alkoholtrinken aufzuhören. War das aufrichtig? Oder war das Versprechen nicht doch eine Selbstüberschätzung? Eine Fehleinschätzung? Indessen war ich stark abhängig von Valium. Ich befand mich mit den Tabletten in einem Dauerzustand der „chemischen Internierung". Meine Frau schickte ich zum Arzt um die Rezepte für das Valium zu besorgen. Das war nicht ohne Erpressungsversuche meinerseits durchführbar. Zwischen uns gab es noch keine gemeinsame Mitte. Lebten wir doch weiterhin in der ständigen beiderseitigen Beziehungsunfähigkeit nebeneinander. Ohne jegliche Zukunftshoffnung. Und immerzu praktizierten wir „Sündenbockprojektion". Und Gott ließen wir weiterhin „draußen vor der Tür". Indiskutabel für uns. Doch auch daran erinnere ich mich gut, dass ich immer öfter und intensiver nach dem Lebenssinn fragte. Doch ich wusste nicht, wo ich mein Fragen festmachen konnte. So braute ich mir nach und nach eine „weltanschauliche Mixtur" auf der Grundlage des gängigen Weltanschauungspluralismus zusammen. Verbindlich leben konnte ich damit nicht. Eine „biografische Schlechtwetterzone" auf die andere folgte. Dann, in der Nacht, waren wir wieder unterwegs auf der Autobahn. Und auf meinem Schoß lag gleich einem Schoßhündchen eine Schnapsflasche. Ihre Griffnähe wirkte für mich beruhigend. Dann, auf einem Parkplatz, so erzählte mir Felicitas später, kam es zu einer dramatischen Zuspitzung der Situation. Sie wollte mir die Flasche wegnehmen. Nun bedrohte ich sie in ihrer Abwehrhaltung sehr massiv. Als ich das Auto verlassen hatte, riegelte meine Frau alle Türen zu. Eine Selbstschutzmaßnahme. Ich wehrte mich gegen das Ausgesperrt-Sein und nahm einen Stein zur Hand, mit dem ich die Scheibe einschlagen wollte. Nachdem ich es nicht geschafft hatte, nahm ich demonstrativ Schlaftabletten. Als ich wieder im Auto war, fiel ich während der Fahrt mit dem Kopf auf das Lenkrad. Das Weiterfahren war so lebensgefährlich. Wir kamen in einen Stau, mussten warten, denn in der Nähe hatte sich ein Unfall ereignet. An der Unfallstelle musste meine Frau, wie sie mir später berichtete, die Polizei einschalten, weil sich mein Zustand indessen verschlimmert hatte. Daraufhin brachte mich der Rettungsdienst mit Blaulicht in ein Krankenhaus. Auf der Entgiftungsstation wachte ich auf, und ich war am Bett fixiert. Den Magen hatte man mir zwischenzeitlich ausgepumpt. Nach ein paar Tagen wurde ich allerdings wieder entlassen. Therapiemotiviert war ich immer noch nicht. Ich versuchte es noch immer mit Selbstheilungsversuchen. An dem Tag, an dem ich keinen Alkohol getrunken hatte, fühlte ich mich wie ein Sieger, und ich hielt meinen Teilsieg kalendermäßig fest. Bis zu 14 Tagen schaffte ich es wieder. Dann kam der unausbleibliche Rückfall. Dafür gab ich Felicitas die Hauptschuld. Ich behauptete, dass sie mich durch ihr wiederholtes Fehlverhalten in diesen Rückfall hineinmanövriert hätte. Zwischen uns dominierten weiterhin Erpressungsversuche und Beschuldigungen. Auch die Drohungen häuften sich uns scheiden zu lassen. Mein Leben auf der Schatten- und Friedhofsseite war unterm Strich ein Dauerrückfall. Noch immer passierte es, dass ich mich nächtelang

79

auf dem Bahnhof aufhielt. Dort lernte ich Randständige und Ausgeflippte der Gesellschaft kennen. Meine Umschulungsmaßnahmen waren auch in die Binsen gegangen. Eines Tages versuchte ich meine Alkoholabhängigkeit mit Hilfe von Antabus (Disulfiram) in den Griff zu bekommen. Täglich, in der Gegenwart von Felicitas, nahm ich die vorgeschriebene Dosis ein. Ich wusste, dass dieses von dänischen Ärzten zufällig entdeckte Medikament den Abbau des Alkohols in der Leber beeinträchtigt. In Verbindung mit Alkohol kommt es zu lebensgefährlichen Folgen. Gleichzeitig ließ ich mich psychotherapeutisch behandeln. Ich meinte, dass die Tiefenpsychologie, wenn sie in die „Tiefsee" der Seele vorzudringen versucht, wirkliche Hilfe bringen könnte. Eigentlich tat ich es für meine Frau, nicht für mich. Und folglich brachte sie mich mit ihrem Auto in die psychotherapeutische Praxis und holte mich auch wieder ab. Schon bald merkte ich, dass das analytische Hinterfragen mir nicht entscheidend helfen konnte. Meine Lebenskonstellation änderte sich nicht um eine Haaresbreite. Auch deshalb nicht, weil ich zutiefst unmotiviert war. Zu sperrig. Mir war es keine Hilfe, wenn die Therapeutin sagte, dass meine Schuldkomplexe subjektiv wären. Ich würde doch nur das tun, was die Meisten mehr oder weniger auch tun. Mit einem Zitat: „Was viele machen, das muss doch gut sein." Sie konnte meine Lebensschuld jedenfalls nicht wegpsychologisieren oder wegtherapieren. Und die Anhäufung meiner Lebensschuld war es ja, die mich bis in den Schlaf hinein verfolgte. Tatsache war doch, dass ich nach jeder Therapiebehandlung mit meiner aktuellen Schuld, die mich ja sehr belastete, allein war. Und wurde mein Leidensdruck unaushaltbar, dann konnte ich die Psychotherapeutin auch nicht erreichen. Die Folge war, dass ich mich weiterhin mit Drogen betäubte und meine Lebensschuld verdrängte. Ich suchte allein nach dem „Schlüssel" zu meinem Daseinsverständnis. Dabei stand die familiäre Situation kurz vor dem totalen Zusammenbruch. Mit dem Liederdichter: „Hier ist Müh morgens früh und des Abends spät; Angst, von der die Augen sprechen; kalter Wind oft weht!" Nach wie vor fand ich nur im Alkohol „biografischen Rückenwind". Und auf meine mimosenhafte Überempfindlichkeit brauchte nur ein wenig

81

Widerstand zu fallen, schon setzte sich der Suchtmechanismus in Bewegung. Anstelle von Antabus nahm ich ein placeboartiges Medikament. Ich war bemüht, in meiner ahnungslosen Frau das Gefühl aufrechtzuerhalten, ich wäre noch immer „antabusgeschützt". Als sie den Betrug bemerkte, nahm ich wieder Antabus. Dann, nach einer heftigen Auseinandersetzung, trank ich Alkohol dazu. Mit Blaulicht kam ich mit akuter Lebensgefahr in ein Krankenhaus. Und mein Hilfeschrei dort war laut. Aber kam er auch aus der Tiefe? Ein paar Tage später machte mich die zuständige Sozialarbeiterin in einem Beratungsgespräch auf die Notwendigkeit einer Selbsthilfegruppe aufmerksam. Noch war in mir Abwehrhaltung, auch die Befürchtung, dort würde mir endgültig der Alkohol ersatzlos weggenommen werden. Ich wehrte mich mit der Ausrede, dass ich darüber nachdenken müsste. Nach der Entlassung schluckte ich wieder Valium, auch diverse Schmerztabletten. Mit Hilfe von überzeugenden Tricks konnte ich andere Menschen dazu gewinnen, mir Valium zu besorgen. Für ein paar Tage lebte ich alkoholfrei. Doch im Sekundenbruchteil wurde aus dem

Abstinenzversuch ein Zurückfallen in die eingespurte Fahrbahn. Oft rannte ich dabei wie Zuflucht suchend in den nahen Wald, betrank mich dort und schlief meinen Rausch in einem Gebüsch oder unter einem Baum aus. Zu anderen Zeiten kam es auch wieder zu Frauenbekanntschaften. Der Alkohol setzt ja unkontrollierbar alle Triebkräfte frei. Was der Alkohol bis in die Gegenwart hinein bewirken kann, das sagte so treffend Epiktet: „Der Weinstock trägt drei Trauben: Die erste bringt die Sinneslust, die zweite den Rausch, die dritte das Verbrechen." Ich habe es so ähnlich mehrmals erfahren. Was tun? Wie sollte es weitergehen? Mein Grundgefühl war Unerfülltheit und Wertlosigkeit. Und meine Frau vermisste auch an mir jegliches Erwachsenenverhalten. In unserer Ehe, die doch ohne stabilen Rückhalt war, korrespondierte die Negativbotschaft hin und her: „Du bist für mich eine Last!" Dazu kam als erschwerend das Wühlen in der Vergangenheit. Die Anklagen gingen wie Pingpongbälle zwischen uns hin und her. Schonzeiten gab es kaum. Auch die Lügenbeschuldigungen nahmen kein Ende. In der zunehmenden Auseinandersetzung mit der

Literatur und Philosophie war es bei mir noch nicht zu einer spürbaren Haltungs- und Gesinnungsänderung gekommen. Ich baute weiterhin auf Treibsand. Oft war das Lesen nur Augenwischerei. Ich in der konfliktreichen Alltagsgegenwart konnte nicht in der Weise auf das Gelesene zurückgreifen wie beispielsweise ein Ertrinkender nach dem Rettungsring greift. Das Netz, in dem ich wie ein Vogel gefangen war, von mir selbst geknüpft, gab mich noch nicht frei. Schließlich kam es auch zu alkoholbedingten Wahnvorstellungen. Und ich wehrte mich auch noch mit Händen und Füßen gegen Gott. Im Grunde besaß ich nicht einmal ein „Großvatergottesbild". Ich plapperte unreflektiert ein bekanntes Wort von Feuerbach nach: „Nicht Gott schuf den Menschen nach seinem Bilde, sondern der Mensch schuf Gott nach seinem Bilde." Oft musste Felicitas den Notarzt holen. Ich trank alles Alkoholhaltige, das mir irgendwie unter die Hände kam. Rasierwasser und Haarwasser nicht ausgeklammert. Der Alkohol hatte immer noch uneingeschränkt das Sagen in meinem Leben. Er war noch mein Ein und Alles.

2. Das Blaue Kreuz

In dieses Klima hineingeboren wurde 1974 auch unsere Tochter. Sie erlebte das Ganze bis zum 2. Lebensjahr. Gewiss, sie war noch Kleinkind, aber doch schon eine vollwertige Persönlichkeit mit dem Sensor missstimmige und disharmonische Lebensäußerungen stets altersentsprechend wahrzunehmen.

Eines Tages (im Spätherbst Mitte der 70er Jahren) klingelte in den frühen Abendstunden ein Mann an unserer Wohnung. Nach einem zweimaligen Klingeln öffnete zögernd meine Frau, weil ich mich noch immer im „Schlepptau" meiner jahrelangen Mehrfachabhängigkeit befand und mich hinter der Mauer der Selbstverschließung versteckte. Er kam im Namen des **Blauen Kreuzes**. Auf sein Kommen war ich nicht ganz unvorbereitet gewesen. Hatte ich doch vor einiger Zeit während einer wiederholten stationären Alkoholentgiftungsbehandlung dazu mehr nebenhin als ernsthaft meine Zustimmung gegeben. Und wie es so geht - ich dachte nicht mehr daran. Deshalb meine anfängliche Bestürzung. Und er sagte mir einleitend, dass er wie ich auch

Alkoholiker wäre. Eine erste Brücke war gebaut. Ich kann mich nicht mehr an den genauen Gesprächsinhalt erinnern. Doch das unaufdringlich gute Gesprächsklima weckte in mir den Wunsch nach einer Fortsetzung. Bevor er den Besuch beendete, machte er mich auf die Begegnungsgruppe des Blauen Kreuzes vor Ort aufmerksam. Eine Einladung. Auch Felicitas könnte mitkommen. Bis zu diesem Augenblick hatte ich keine Ahnung vom Blauen Kreuz. Und seine überregionale wie überkonfessionelle Zielrichtung wurde mir erst später deutlich - als ich mit dem Blauen Kreuz nach und nach auf Augenhöhe kam. Beim Abschied sagte er mir noch, dass er uns notfalls auch abholen würde. Von meiner mitbetroffenen Frau kam ungeteilte Zustimmung. Bei mir war allerdings noch Verweigerungshaltung erkennbar. Es waren auch noch Barrieren vorhanden. Am Freitagabend klingelte der Mann wie vereinbart pünktlich bei uns an der Tür. In Richtung Stadt ging nun die Fahrt mit seinem Auto. Der Gesprächskreis des Blauen Kreuzes fand einmal wöchentlich in einem Raum des Gemeindehauses einer evangelischen Kirche in

86

Nürnberg (Wöhrd) statt. In der Folgezeit hinderte mich kaum noch etwas daran regelmäßig die Gruppe des Blauen Kreuzes zu besuchen. Auch meine Frau war dazu eigenständig motiviert. Keine Vorbehalte mehr. Dort gehörten wir hin! Gottes Führung stand dahinter. Doch von einer durchgreifenden Wende konnten wir in unserer Beziehung noch nicht sprechen. Auch dominierte zwischen Felicitas und mir weiterhin das Misstrauen. Die Beziehungsscherben waren nicht so leicht zu kitten. Auch fehlte noch eine verbindende und stabile Lebens- und Wertordnung in unserem gemeinsamen Leben. Und Geld konnte mir meine Frau auch nicht anvertrauen. Konfliktlösungen im gegenseitigen Einvernehmen waren nicht möglich, weil wir insgesamt noch immer unfähig waren, lebens- und praxisnahe Übereinstimmungen herbeizuführen. Mein Suchtverhalten war noch immer dominierend. Es gab auch zu viele nicht aufgearbeitete und fehlentwicklungsbedingte Defizite, die nicht über Nacht ihre Bedeutungsschwere verlieren konnten. Ich lebte an ihren Ängsten und Sehnsüchten vorbei. Wir beide trugen schwer an der Last unserer

Vergangenheit. Auch Alkoholfolgeerkrankungen machten sich bei mir bemerkbar. Eines Abends, nach der Gruppe, versuchte ein Gruppenteilnehmer (wie ich Alkoholiker) mit mir in eine Art Nachgespräch zu kommen. Seine unaufdringliche Freundlichkeit und Teilnahme empfand ich immer als sehr wohltuend. Ich spürte in seiner Gegenwart etwas für mich Unnennbares, das mich aber anzog. Woher kam bei ihm die Kraft und Bereitschaft zum Helfen? Er lebte, so kam es mir vor, in einer Lebenswirklichkeit, die ich nicht kannte. In der darauffolgenden Zeit besuchte uns der Mann in unserer Wohnung. Auch meine Frau war damit einverstanden. Und in Krisenzeiten, die noch immer unser Leben bestimmten, war er immer abrufbar zur Hilfe bereit. Als Helfer in der Not. Noch nahm ich weiterhin Valium. Das Alkoholtrinken wurde allerdings immer zweitrangiger. Eines Tages kam der Schlusspunkt. Doch ich benutzte Felicitas noch immer als Werkzeug, weil ich es noch nicht gelernt hatte, mich eigenständig und konstruktiv mit der Lebensrealität auseinanderzusetzen. Sie musste alles Unangenehme erledigen. Dazu gehörte auch die Post. Dabei lebten wir am Rande des

Existenzminimums. Soziologisch zur Armut. Doch unerwartet kam es zu einem alkoholbedingten Rückfall. Ich war eines Tages überraschend wieder überfällig gewesen. Währenddessen warteten in unserer Wohnung der Mann aus der Gruppe und Felicitas auf meine Rückkehr. Als ich endlich kam, hörte ich keinen Vorwurf von seiner Seite. Auch kein moralisches Abqualifizieren. Alles an ihm war Geduld, war Wegweisung zu einem Lebensgrund, den ich noch nicht kannte. Im April 1976 (ich war 39 Jahre) fragte er mich wie nebenbei, dabei sehr vorsichtig, ob ich bereit wäre einmal an einer Besinnungswoche vom Blauen Kreuz aus teilnehmen zu wollen. Er hätte dort auch konkrete Hilfe erfahren. Den christlichen Glaubensbezug erwähnte er nur am Rande, er wusste um meine Vorbehalte. Dort hätte ich eine Chance, Abstand vom Alkohol zu bekommen. Und dabei auch Gelegenheit, mich auf die großen Lebensfragen in einer Gemeinschaft von Gleichbetroffenen zu besinnen. Mein anfänglicher Widerstand verlor immer mehr an Wirksamkeit. Und ich war neugierig. Auch von Tag zu Tag weniger verschlossen. Nach einigem Zögern stimmte ich dann endgültig zu. In den Vormittagsstunden eines schon vorsommerlichen Tages erreichten wir den Ort, an dem die Besinnungswoche stattfinden sollte: Der „Wieshof", ein Bibel- und Tagungsheim nicht weit von Nürnberg in Mittelfranken. Die Einrichtung gehört noch heute zur Hensoltshöhe in Gunzenhausen. Dazu ländlich stille Abgeschiedenheit. Und vollbelegt war das Haus. Innerlich frohlockte ich ein wenig, wusste ich doch, dass in meinem Gepäck Valium versteckt war. Ich war also abgesichert! Mir konnte nichts geschehen. Das Leben auf engstem Raum und in der Gemeinschaft war mir total fremd. Auch dort erlebte ich meine Kontaktgehemmtheit als notvoll. Ich schluckte Valium, war nun ruhiger. Wer bin ich? Wo komme ich her? Welche Erwartungen bringe ich mit? Das waren die Fragen des Abends. Die meisten der etwa 40 Teilnehmer waren wie ich Alkoholiker. Und erhofften sich während der Besinnungswoche endlich Hilfe zu finden. Und ich? Ein Suchender war auch ich, voller Fragen. Leben wollte ich endlich - ohne Alkohol und Drogen. Auch mit einem Ziel. Mit einer Perspektive. Ein paar Tage dauerte es bis ich mich so gut wie möglich eingelebt hatte. Doch immer noch einzelgängerisch. Auf Distanz bedacht. An meine Bezugsperson konnte ich mich zu jeder Zeit wenden, dort fand ich Rat und Hilfe. Dieser „Schrittmacherdienst" war eine große Hilfe in meinem Zurechtkommen in der fremden Gemeinschaft. Die Tage dort waren ausgefüllt mit einem wechselvollen Programm. Zum ersten Mal in meinem Leben nahm ich an einem gemeinschaftlichen Bibellesen teil. Das war für mich Neuland, und ich kam mir ein wenig deplatziert vor. Die fachlichen Informationen zum Thema Alkoholismus sprachen mich allerdings mehr an. Auch die Fortführung und Vertiefung der Themen in Kleingruppen erlebte ich sehr positiv. Ich erinnere mich noch gut, dass die Grundlage für die erste Bibelarbeit das Johannesevangelium war. Und gleich einem Fremdkörper nahm ich die Bibel in die Hand. Ich zitterte dabei. Das Lutherdeutsch war mir sehr fremd. Doch mich beeindruckten dabei sehr die undogmatischen Lebenszeugnisse von Männern, die in ihrem Alkoholismus die Hilfe Gottes erfahren hatten. Das waren nach meinem Empfinden nicht nur Lippenbekenntnisse. Alle Lebens- und Glaubenszeugnisse waren schlicht

91

und einfach, kamen meiner Meinung nach aus einer verwandelten Personmitte. Die Männer, die jahrelang so wie ich die Abgründe der Alkoholabhängigkeit durchlitten hatten, überzeugten mich zutiefst durch ihre Offenheit und Geradheit. Sie lebten teilweise in einer Glaubensgeborgenheit, die ich noch nicht kannte. Und zu keiner Zeit wurde ich dort in der Weitergabe des christlichen Glaubens bedrängt oder vereinnahmt. Für mich war alles neu, war wie eine Reise in ein unbekanntes Land. Die Glaubensaussagen blieben mir in ihrem Kern noch lange fremd. Ich war allem gegenüber auch noch skeptisch und hatte Vorbehalte. Und wenn ich mich und meine Umwelt nicht mehr aushalten konnte, dann ging ich in den nahen Wald und schluckte noch immer Valium, schirmte mich auf diese Weise ab gegen die Zugriffe meiner Umwelt. Schließlich kam der Abend mit dem Thema Eheprobleme in Alkoholikerfamilien. Mit überzeugenden Fallbeispielen. Vor meinem inneren Auge lief dabei meine kaputte Ehe ab und ich erlebte tiefste Selbstbeschämung dabei. Und die Wucht der Selbstanklagen traf mich in voller Härte. Ich erkannte mich in den meisten Fällen wieder. Mir wurde der Spiegel vorgehalten. Und irgendwann konnte ich nicht mehr anders, und ich musste unter Tränen stammelnd und unzusammenhängend aus meinem Leben zu erzählen. War das nicht ein offenes Schuldgeständnis? Ich denke ja. Und ich wollte nicht länger mehr in meiner Schuldverstrickung dahinvegetieren. Angestautes und bisher Unausgesprochenes kamen über meine Lippen. Ein erster Schritt in ein neues Leben war nun getan. In der späten Abendstunde musste ich in den nahen Wald gehen, weil ich allein sein wollte. In der Waldeinsamkeit konnte ich ungestört über mein verpfuschtes Leben nachdenken. Die Maschen des Netzes, in dem ich jahrelang gefangen war, weiteten sich langsam zum Durchschlüpfen. Es ist doch für jeden Menschen eine große Hilfe, wenn er mit verständnisvollen Menschen seine Not und seine Konflikte durchsprechen kann. Dort war das möglich. Und je öfter ich mich in der Kleingruppe mit der Lektüre der Bibel beschäftigte, desto fragender und neugieriger wurde ich im Blick auf die Botschaft des Evangeliums von Jesus Christus. Allerdings hatte ich auch noch viel mit Denknot zu kämpfen. Am Ende der Besinnungswoche wurde wie üblich zum Abendmahl eingeladen. Seit meiner Konfirmation war ich nicht mehr am Tisch des Herrn gewesen, um die Gaben von Wein und Brot zu empfangen. Meine erste Reaktion hieß: Flucht in den nahen Wald. War doch mein bisheriges Leben im Abseits der sozialen und personalen Verantwortung immer Flucht nach rückwärts gewesen. Auch Flucht in die Pseudowelt der Drogen. Flucht vor der Ganzheit des Lebens. Ich erinnere mich noch, dass das Haus kurz vor dem Abendmahl mucksmäuschenstill war. Die Männer waren schon alle im Andachtsraum versammelt. Nun störte kein Kommen und Gehen mehr im Haus meine Fluchtabsicht. Und gleich einem Dieb schlich ich mich über die immer knarrende Holztreppe nach unten in Richtung Ausgang. Stufe um Stufe. Doch dann begegnete mir auf der Treppe unerwartet der teilnehmende Pfarrer R. (Er war damals der Landesverbandsvorsitzender des Blauen Kreuzes). Ich wollte nach unten, er nach oben. Nun konnte ich der Begegnung nicht mehr ausweichen. Ich musste sehr verdutzt gewesen sein. Als einen Menschen mochte ich ihn, als Amtsträger der Kirche weniger. Meine Abneigung gegen die Träger der schwarzen Talare stammte noch aus meiner Konfirmandenzeit. Damals erlebte ich den immer schwarzgekleideten Pfarrer würdevoll steif und unnahbar. Immer auch ein wenig „spielverderberisch". Und in der Pose der „Sündhaftigkeitsandrohung" störte er mit seinen predigthaften "Man – tut – und – man – tut – nicht - Vorschriften". Auch war in der Kirche alles so düster und voll mit überlieferter Ernsthaftigkeit. Und in diese weit zurückliegende Erfahrung reihte ich mehr unbewusst alle Pfarrer ein. Ohne Ausnahme. Wir konnten auf der schmalen Holztreppe nicht vorbei ohne irgendwie in Tuchfühlung zu kommen. Dabei wurde ich in ein unverfängliches Gespräch verwickelt. Stufe um Stufe ging es dabei treppab bis wir im Speiseraum vor dem provisorisch aufgestellten Altar ankamen. Das anschließende Abendmahl wurde nach der Herrenhuter Ordnung gefeiert; und jeder durfte dabei auf seinem Platz bleiben. Der Kelch mit dem alkoholfreien Traubensaft und das Brot wurden reihenweise weitergereicht. Ich konnte mir nicht denken, dass die Einladung auch für mich gültig war, die Jesus ausspricht: „Wer zu mir kommt, den werde ich nicht hinausstoßen"(Joh.6, 37). Damals war mein Abendmahlsverständnis so, dass ich mir aufgrund meiner schuldbeladenen Vergangenheit für die Teilnahme am Abendmahl unwürdig vorkam. Mich beschäftigten indessen unentwegt Fluchtgedanken. Aber wie realisieren? Mein Platz war in der ersten Reihe, genau vor dem Altar. Nun kam ich an die Reihe, um den Kelch mit dem Brot an den Pfarrer mit den Worten weiterzureichen: „Nehmet, esset! Das ist mein Leib. Nehmet, trinket! Das ist mein Blut." Meine Knie zitterten. Auch meine Hände. Dann konnte ich nicht anders, und ich musste wortlos und panikartig den Raum verlassen. Nur weg von hier! Und ich rannte in mein Zimmer, dort warf ich mich auf mein Bett. Von unten her hörte ich die Männer das alte Erweckungslied singen: „Wenn du Jesus kennst, bist du nicht einsam mehr..." Mir war dabei zumute, als würde in mir ein heftiger Kampf stattfinden. Da war einerseits Abwehr, anderseits Annahme. Dann hatte ich wieder das Empfinden, als käme Licht von oben in die Finsternis, die in mir noch immer herrschte. Und ich wälzte mich schüttelfrostartig auf meinem Bett hin und her, dabei kamen mir die Tränen sturzbachartig wie lange nicht. Ich suchte nach meinen versteckten Tabletten. Ich brauchte, wie ich meinte, ihre chemische Ruhigstellung. Aber wo waren sie? Ich konnte sie trotz verzweifelten Suchens nicht finden. Und dabei wurde ich immer nervöser, auch unruhiger. Niemand war Augenzeuge. Doch das Valium war wie vom Erdboden verschwunden. Wie war das möglich?! Wer steckte dahinter? Mein Bettnachbar? Denn nur er konnte von den Tabletten wissen. Voller Wut lief ich in den nahen Wald. Nun war ich gezwungen mich ohne „chemisches Korsett" auszuhalten. Eine unruhige und schlaflose Nacht folgte. Später, wieder in der Gruppe, bekam ich des Rätsels Lösung präsentiert. Wie vermutet hatte mein Bettnachbar das Valium an sich genommen. Er wollte mir damit helfen. Nun war auch dieses Fluchtverhalten zu Ende. „Du hast deine Hand ausgestreckt nach mir, o Gott. Denen bist du auf der Ferse, die vor dir fliehen." (Augustinus) Und der lebendige Gott, der sich in Jesus Christus offenbart hat, sucht sich immer wieder auch Menschen, die er zu seinem „Werkzeug" einsetzt. Zu seinem Sprachrohr macht.

Ich bin heute auch davon überzeugt, dass damals beim Abendmahl nichts Mystisches geschah. Auch nichts Obskures. Denn es geht beim Abendmahl immer um die Realpräsenz Christi unter den Gaben von Brot und Wein. Das ist biblisch. Ich möchte die inneren Kämpfe auf dem Bett nach dem Abendmahl auch nicht missdeuten oder nach meinem Belieben interpretieren. In mir ist etwas geschehen, was allein der lebendige Gott weiß. Doch davon bin ich überzeugt: Jesus Christus, der lebendige Sohn Gottes, kam damals anfanghaft in mein Leben. Wenn sich ein Mensch in seiner Selbstverschließung, wie bei mir, Gott zuwendet, der sich nach seiner Verheißung finden lässt, wenn er um ein wahrnehmbares Zeichen bittet, dann antwortet Gott durch Jesus Christus. Wie das im Einzelnen geschieht, das entzieht sich allem menschlichen Recherchieren. Das ist und bleibt letztendlich Gnade, Geschenk des lebendigen Gottes. Und es ist ein unergründliches Geheimnis. Als dann am Ende der Besinnungswoche meine Frau mich abholte, da musste ich auf sie den Eindruck gemacht haben, als hätte ich einen Rückfall gehabt. Doch ihr besorgtes Nachfragen kam vorsichtig. Ich wirkte keinesfalls euphorisch. Schon eher war ich zugeknöpft und nachdenklich.

3. Der Wandel

Bei sommerlicher Hitze fuhren wir nach Hause. Und in mir war die Frage, die schon Pilatus beschäftigt hatte, nicht mehr totzuschweigen: „Was soll ich denn mit Jesus machen, von dem gesagt wird, er sei Christus." (Math. 27) Wieder daheim, besorgte ich mir ein Buch von Dr. Bergmann mit dem Titel: "Brauchen wir Jesus Christus?" Für mich war das Thema etwas gänzlich Neues. In der Einleitung dieses Buches steht: „Um ein wahrheitsgetreues Christusbild zu ermöglichen, müssen wir uns zunächst die Frage stellen: Kennen wir Jesus Christus wirklich. Die Erfahrung zeigt nämlich, dass wir uns durch ein verzerrtes Christusbild den Zugang zu Jesus Christus erschweren." Soweit das Buch. Ich war sehr neugierig, auch sehr fragenvoll. Doch noch immer nicht ganz frei von Vorbehalten. In der Tat, mein Christusbild, falls ich eines hatte, stammte aus dem atheistischen Gedankengut. Unreflektiert hatte ich es im Sozialismus übernommen. Nun war in mir der Wunsch lebendig, den biblischen Christus kennenzulernen. Auch andere Glaubensbücher als Einführung ins

Christentum interessierten mich brennend mit immer neuen Fragen. Täglich beschäftigte ich mich mit dem „Glaubenseinmaleins" des Christentums. Dabei standen mir weiterhin eingespurte Verstandesnöte hemmschuhartig im Weg. Doch „unser Glaube fängt nicht da an, wo der Verstand aufhört, sondern da, wo unser Widerstand aufhört." Ebenfalls erschwerten mir die Dogmen den weiteren Zugang zum lebendigen Glaubens- und Bibelverständnis. Oder mit Goethe: „Die Botschaft hör' ich wohl; allein mir fehlt der Glaube." Dabei bewegte mich von Tag zu Tag mehr die Frage, wie ich zu einer persönlichen Beziehung zu Jesus Christus finden könnte, dem Anfänger und Vollender des Glaubens. Und warum ausgerechnet Jesus? Religionsgeschichtliche Vergleiche stellte ich an. Die Bibel sagt: „In keinem ist das Heil, ist auch kein anderer Name unter dem Himmel den Menschen gegeben, darin sie sollen selig werden." (Apostelgeschichte 4, 12) Jemand schenkte mir eine Bibel, die erste in meinem Leben. Und „in der redet Gott selbst mit uns wie ein Mensch mit seinem Freunde", wie es Luther formuliert hat. Ich sperrte mich allerdings noch gegen das regelmäßige Lesen im Wort Gottes. Andere Bücher faszinierten mich mehr. Bei dem Theologen Paul Schütz habe ich einmal gelesen: „Da ist eine Stimme, sonst nichts. Sie ist zudem sehr leise. Du musst mit der Anstrengung aller deiner Sinne in die Bibel hineinhorchen." Mir fehlte einfach noch das rechte Bibelverständnis. Dabei geht es doch zuerst immer um das rechte Hören beim Bibellesen. Darum auch, die immer aktuelle Botschaft des Evangeliums von Jesus Christus glaubend zu entdecken. Der Gott der Bibel ist „ein glühender Backofen voll Liebe" (Martin Luther). An diese universale und absolute Liebe Gottes konnte ich noch nicht ungeteilt glauben. Noch lebte ich mehr oder weniger in meiner Eigendrehung. Aber jetzt, ohne Alkohol, begann in meinem Leben ein Nachdenkungs- und Umdenkungsprozess. Doch Tatsache war, dass ich wieder Valium schluckte. So spürte ich meine Gegenwartsprobleme weniger. Wahrscheinlich traute ich ihrer sedierenden Wirkung noch mehr zu als der Kraft der frohen Botschaft von Jesus Christus. Von meiner Frau kamen weiterhin wohldosierte Impulse zum regelmäßigen Gruppenbesuch des Blauen Kreuzes. Doch ich wollte das auch. Die andere Seite war die, dass der Eingliederungsprozess in ein neues Arbeitsverhältnis in den meisten Fällen durch mein Fehlverhalten scheiterte. Eine abgeschlossene Berufsausbildung konnte ich ja nicht nachweisen. Doch bei allem Hin und Her ließ mich die Christusbotschaft nicht mehr los. Und die Fragen, die ich an die Glaubensbotschaft hatte, schienen kein Ende zu nehmen trotz verstandesmäßiger Widerstände. Die Erfahrung lehrte mich aber, dass die Gegenwartsmächtigkeit von Jesus Christus stärker als alle vermeintlichen Vorbehalte ist. Gott gibt nicht auf was er im Stillen beginnt. Damals wie heute. Leider holte uns immer wieder die unbewältigte Vergangenheit ein. Auch machten wir uns noch gegenseitig zum „Sündenbock". Ein Mechanismus, der nur zerstört, nicht aber aufbaut. Beide kamen wir nicht aus einer „Normalbiografie". Und beide waren wie sehr vergangenheitsgeprüft. Und fast täglich erlebte ich Niederlagen in dem Versuch, meine konkrete Lebensschuld zu verniedlichen, zu verdrängen. Trotzdem gab es nach wie vor zwischen uns den Wunsch gemeinsam in der Bibel zu lesen. Auch Gebetsgemeinschaft lernten wir kennen. Ich hatte aber, wovon die Bibel eindeutig spricht, noch kein Sündenbewusstsein. Die Bitte um göttliche Vergebung war mir noch fremd. Dann kam jener Samstag, an dem der Suchtdruck wie aus heiterem Himmel sehr stark war. Wir lebten zu dritt (unsere kleine Tochter gehörte nun dazu) in einer Einzimmerwohnung. Während des Tages verließ ich fluchtartig und ohne erkennbaren Grund die Wohnung. Diesmal über den Balkon. Und schnell entfernte ich mich aus der Ruf- und Sichtweite von Felicitas. An einem Kiosk kaufte ich mir wie automatisch Schnaps. Dann rannte ich in Richtung Wald. Dort kippte ich das Hochprozentige ohne zu zögern in mich hinein. Die Ausfallerscheinungen ließen nicht lange auf sich warten. Meine Erinnerungen an das Folgende sind nur sehr bruchstückhaft. Doch daran kann ich mich erinnern, dass ich in der U-Bahn längelang hingefallen war. Doch ich schaffte es jedoch, wieder auf die Beine zu kommen. Dabei musste ich mich etwas verletzt haben. Dann trat ein totaler Filmriss ein. Irgendwann später erwachte ich in der Wohnung einer mir unbekannten Frau. Ohne jegliche Zeitorientierung. Auch konnte ich das

Vorgefallene nicht rekonstruieren. Wie ein Baby nach der Mutterbrust schreit, so schrie ich nach Alkohol als ich wieder bei Bewusstsein war. Doch die fremde Frau konnte und wollte meinen Wunsch nie und nimmer erfüllen. Stattdessen erzählte sie mir etwas von Jesus. Hatte sie „Bekehrungsabsichten"? Meine Widerstände waren aber zu massiv. Ich wollte nur Alkohol. Ich fragte sie noch, wo und wie sie mich gefunden hatte. Daraufhin verließ ich sie wortlos. Wohl oder übel musste ich den Weg nach Hause antreten. Ich fuhr ohne Fahrschein mit der U-Bahn. Nach einigen fadenscheinigen Erklärungen für mein Überfällig - Sein erwähnte ich Felicitas gegenüber aber keine Silbe von der Frau. Denn ich wusste, dass sie mir die Harmlosigkeit dieser für mich noch aufklärungsbedürftigen Begegnung nicht abgenommen hätte. Tatsache war doch, dass ich sie in der Vergangenheit schon oft belogen und betrogen hatte. Doch unbedacht erwähnte ich ein paar Tage später den Vorfall. Das Misstrauen gewann wieder die Oberhand. Und dadurch wurde die Mauer zwischen uns, die wir doch abbauen wollten, erneut aufgebaut. Verstärkt praktizierten wir

105

auch wieder „Schuld – Zuschiebe - Spiele". Einige Zeit später fragte mich meine Frau, ob ich mit ihr in der Bibel lesen würde. Ich stimmte zu. Wir fingen wiederholt mit dem Johannesevangelium an, von dem Bengel sagte: „Johannes ist unstreitig der nötigste und herrlichste Evangelist!" Unsere gemeinsamen Gebete gehörten wieder zu unserem Tagesablauf.

4. Die List des Teufels

Doch zwischendurch kamen auch immer wieder Tage, da zweifelte ich sehr an meinem Christsein, weil ich in meinem Verhalten wieder in das alte Fahrwasser zurückfiel. Denn ich hatte eine bestimmte Vorstellung davon, wie ein Christ leben und sich verhalten müsste. Gottesdienste besuchten wir noch nicht. Dann kam der Tag, an den ich noch heute mit großem Schrecken zurückdenke. Schon in aller Frühe, so sagte mir Felicitas später, wirkte ich auf sie durch mein unkontrolliertes Verhalten wie ein Pulverfass, das jeden Augenblick explodieren musste. Unsere kleine Tochter schlief noch. Und kein Wort der Liebe kam über meine fluchbereiten Lippen. Ich beschuldigte meine Frau massiv grundlos und provozierte sie auf Schritt und Tritt. Auch mit Gemeinheiten bombardierte ich sie. Mir war zumute, um ein Bild zu gebrauchen, als würde ich wie mit übergroßen Fäusten wild hineinschlagen in die Ordnungen familiärer Geborgenheit. Einen geradezu perversen Spaß hatte ich an der Zerstörung menschlicher Beziehung. Um mich herum, sagte mir Felicitas später, war eine eiskalte Zone der Unnahbarkeit. Sie fröstelte allein schon bei meinem Anblick. Meine Frau fühlte sich bedroht und hatte Angst. Sie fragte trotzdem: „Wollen wir beten?" Das war für mich das rote Tuch. Ich schrie sie an: „Nein, nein, nein!" Wutverzerrt nahm ich daraufhin die Bibel, knallte sie voller Wucht an die Wand. Dabei kommentierte ich (so später meine Frau zu mir): „Märchenbuch! Alles Quatsch!" Und Gott setzte ich auf die Anklagebank. Meine Frau hatte keine andere Wahl, sie musste sich mit unserer Tochter schützend in der Küche verbarrikadieren. Ein Wüterich war ich. Ich schimpfte auf Gott und die Welt: "Vorher lebte ich ohne Gott (das war aber kein Leben!), wenn es den Teufel gibt, dann soll er kommen!" Das waren sinngemäß meine Worte. Ein unbeschreibliches Szenarium folgte. Meine Frau nahm unsere Tochter und gemeinsam mussten sie panikartig die Wohnung verlassen. Zu einem späteren Zeitpunkt sagte sie mir, dass ich wie die personifizierte Ungeheuerlichkeit ausgesehen hätte. Und alles Folgende lief dann wie programmiert, wie bühnenerprobt ab: Ich rannte in den nahen

Supermarkt, griff dort wie automatisch nach einer Flasche Schnaps, lief schnell zurück in die Wohnung und versuchte, die Schnapsflasche ohne abzusetzen auszutrinken. Schnell kam es zu einem totalen Filmriss. Als ich später wieder das Bewusstsein erlangte, befand ich mich in einem Krankenhaus. Die alkoholische Intoxikation hatte meinen Blutdruck und mein Kreislaufsystem sehr angegriffen. Heute erscheint es mir wie ein Wunder, dass ich nicht von einem Auto überfahren wurde. Denn ich bin nach dem Alkoholkonsum vor der Haustür inmitten der Fahrbahn bewusstlos zusammengebrochen. Jemand benachrichtigte den Rettungsdienst. Nun lag ich zum soundsovielten Male auf einer Entgiftungsstation. Über meinem Bett war ein Kruzifix, das ich wieder und wieder anblicken musste wie der Angeklagte den Richter in einer Gerichtsverhandlung. Ein Zitat dazu kam mir später unter die Augen: „Gegenüber allem Vergänglichen steht Gott nicht mit über Kreuz geschlagenen Armen da, sondern er hält seine Arme als Kreuz." (R. Chapal) Nach einer Welle des Selbstmitleids wusste ich aber, dass ich auf diese Weise nicht ins Gras beißen wollte. Ich konnte allerdings das Vorgefallene theologisch nicht einordnen. Doch so vieles wurde mir damals rückblickend deutlich: Ich habe mich willentlich dem Machtbereich des Dämonischen ausgeliefert. Später, als ich davon Abstand hatte, habe ich das Zitat gelesen: „Der Christ hat keine philosophische Theorie über den Teufel, aber praktische Erfahrungen von ihm." (G. Schade) Diese Erfahrung hatte ich in der Tat gemacht. Während der Besinnungswoche hatte ich in einer Bibelarbeit davon gehört, dass Jesus Christus in diese Welt gekommen ist um die Werke des Teufels zu zerstören. Jetzt war es mein ernsthafter Wunsch Jesus Christus, den die Bibel den Heiland der Welt nennt, ungeteilt in meinem Leben Raum zu geben. Nur bei ihm Rettung und das Heil zu suchen. Auch Lebens- und Alltagsorientierung. Ich wollte endgültig nach all den vorausgegangenen Misserfolgen ein für alle Mal Schluss machen mit meinen Selbstheilungsversuchen. Auch mit meiner Selbstaufwertung. Es stimmt doch: „Wie Nebel muss zerrinnen, was uns voll Trug umspinnt..." Ja, ich wollte mein Leben ganz unter Gottes Führung stellen. An seiner Lebensfülle Anteil nehmen. An seiner Hand die Letztbegründung meines Lebens finden. Die Bibel kennt dafür das Wort Umkehr. Dazu war ich bereit. Und Umkehr - biblisch - ist etwas anders als nicht mehr zu trinken. Radikale Kehrtwendung, totaler Blick- und Schrittwechsel ist gemeint. Umkehr heißt auch in übertragener Bedeutung: Heimkehren ins Lebenselement Gottes. Ich denke dabei an ein Wort von Martin Buber: „Die große Schuld des Menschen sind nicht die Sünden, die er begeht - die Versuchung ist mächtig und seine Kraft gering. Die große Schuld des Menschen ist, dass er in jedem Augenblick die Umkehr tun kann und nicht tut." Meine einzige Chance zum wahren und bestimmungsgemäßen Leben konnte sich nur in der Hinwendung zu Gott realisieren. In Gott allein wollte ich meine Lebens- und Alltagsorientierung finden. Menschen der Bibel haben von Mal zu Mal diese Glaubenserfahrung machen dürfen. Warum nicht auch ich? Nach meiner erneuten Entlassung begann ich anders und zusammen mit meiner Frau nach dem Willen Gottes zu fragen.

5. Leben ohne Alkohol

Wir lasen wieder in der Bibel. Dabei war die Herrenhuter Losung eine gute Hilfe. Auch unser Gebetsleben bekam eine andere Form. Dann wurde ich eines Tages zu einer Evangelisation eingeladen. Noch nie zuvor war ich bei einer Evangelisation. Ein bekannter Prediger evangelisierte in einer Kleinstadt. Von seiner seelsorgerlichen Erfahrung mit randständigen Gruppen und Alkohol- und Drogenabhängigen hatte ich schon gehört. Und noch gut erinnere ich mich an die biblische „Schwarzbrotkost" seiner Verkündigung. An seine etwas derb - bäuerische Art. An ihm war nichts von steifer Würde ohne Fehl und Tadel. Er war sehr urwüchsig. Hier sprach vor allem ein Mensch, der allein aus der Gnade Gottes lebte. Das war mein Empfinden. Und ich erlebte die Evangelisation in der Weise, wie sie Dietrich Bonhoeffer einmal beschrieb: „Eine rechte evangelische Predigt muss so sein, als ob man einem Kind einen schönen roten Apfel hinhält oder einem Durstigen ein Glas frisches Wasser und fragt: Willst du?" Ja, ich wollte ungeteilt die Glaubenswirklichkeit der Bibel in mein Leben

112

hineinnehmen. Andere Evangelisationen folgten. Einen unstillbaren Durst hatte ich, Jesu Botschaft als die Botschaft von Gott zu erfahren. Auch Gemeinschaft unter dem Wort Gottes zu finden. Denn der christliche Glaube, der immer ein Tun Gottes an dem Menschen ist, will immer ganz persönlich erfahren werden. Nach dem letzten Rückfall, der zugleich eine biografische Zäsurerfahrung war, schien der Alkohol, der mein bisheriges Leben kaputtgemacht hatte, kein Problem mehr zu sein. Ich bin heute davon überzeugt, dass mir das lebendige Wort der Bibel zu einer echten Hilfe geworden ist. Nicht nur in meiner Mehrfachabhängigkeit. Ich machte je länger umso mehr eine nie zuvor gekannte Sinn- und Werterfahrung, bei der Alkohol und die Drogen nicht mehr nötig waren. Schritt um Schritt erlebten wir (meine Frau und ich) in der Folgezeit wieder und wieder Gottes Führung. Seine Gnade kam in unser Leben. Und doch stand mein Leben, durch die jahrelange Mehrfachabhängigkeit sehr geschädigt, noch immer unter der Anklage meiner Vergangenheit. Zwischen dem lebendigen Gott und mir stand noch unvergebene Schuld - Sünde nennt es die Bibel. Und Sünde trennt wie ein überbreiter Wassergraben immer von Gott. Es stimmte, dass ich den lebendigen Gott um die Gnade seiner Vergebung noch nicht konkret gebeten hatte. Denn nur „die Liebe Gottes überholt als Vergebung die Vergangenheit des Menschen." (H. Wedel) Meine schuldvolle Vergangenheit lag noch tonnenschwer auf mir. Sie machte mich oft kopflastig und verkürzte meinen Weitblick. Schuld, das habe ich lange Zeit erfahren, kann nie wegphilosophiert, nie wegpsychologisiert und nie wegdiskutiert werden. Nur Jesus Christus kann durch sein Stellvertretungs-, Opfer- und Sühnewerk Schuld vergeben. Nur er als Sohn Gottes kann sagen: „Deine Sünden sind dir vergeben." Doch dazu ist biblisch fundierte Seelsorge nötig. Eines Tages kam besuchsweise eine Blaukreuzlerin zu uns in die Wohnung. Beim Abschied sagte sie, dass sie uns zum Gottesdienst ihrer Gemeinde einladen würde. Und sie würde uns auch abholen. Wir hatten noch keinen Gemeindeanschluss. Auf Zustimmung brauchte sie nicht zu warten. Ich denke noch gern an das herzliche Entgegenkommen von Gottesdienstbesuchern zurück sowie an den

114

warmen Händedruck. Von Anfang an erlebten wir dort unaufdringliche Wegweisung. Das Aufeinanderzugehen hatte für uns „Brückenbauerfunktion". Hier war Gottes Führung zu erkennen. Zu einem späteren Zeitpunkt erreichte mich bei einer Evangelisation ein Wort Gottes, und ich meinte es wäre für mich persönlich gesprochen. Im 1. Johannesbrief 9 steht zu lesen: „Wenn wir aber unsere Sünden bekennen, so ist er treu und gerecht, dass er uns die Sünden vergibt und reinigt uns von aller Untugend..." Auch von Buße sprach der Evangelist. Das war für mich etwas Unbekanntes. Es erweckte in mir die Vorstellung von Zerknirschung aufgrund von Lebenseinbuße. Was ist aber damit gemeint? Buße ist die Folge von Gnade. So steht es in der Bibel: „Weißt du nicht, dass Gottes Güte dich zur Umkehr treibt?" Damit ist keine aufgesetzte Büßermiene im Büßergewand gemeint! Auch kein wehleidiges Abschiednehmen von alten Gewohnheiten, mit denen man noch liebäugeln möchte. Stattdessen: „Kehrt um, und glaubt an das Evangelium." (Markus 1, 15) Gott, so sagt die Bibel, bietet allen die Versöhnung an die umkehrbereit sind. Aber Umkehr, also Schritt- und

Blickwechsel, setzt ein eindeutiges Erkennen der eigenen Verfehlung bzw. Sündhaftigkeit, die sich immer gegen Gott richtet, voraus. Nach der Evangelisation bemühte ich mich um ein seelsorgerliches Gespräch, das mir auch gewährt wurde. Innerlich spürte ich den starken Drang mein fehlgeleitetes Leben ganzheitlich vor Gott in Ordnung zu bringen. Dazu gehört die Sünden konkret ohne Verniedlichung und Beschönigung vor Gott zu bekennen. Ich tat den entscheidenden „Schritt über die Linie". Eine Lebensbeichte folgte. Dazu das Bekenntnis: „Vater, ich habe gesündigt gegen den Himmel und vor dir." (Lukas 15, 18) Und dann: „Freude wird sein vor den Engeln Gottes über einen Sünder, der Buße tut" (Lukas 15, 18). Ein gemeinsames Gebet folgte. In der Beichte mit dem Sündenbekenntnis übergab ich Jesus Christus mein Leben und stellte es unter seine Führung. Ich machte mein Leben verbindlich in der Hinwendung zu Jesus Christus. Durch den Zuspruch der Vergebung kam Freude und Friede in mein Herz. Der Theologe Iwand sagte: „Gott ist die einzige Stelle, wo wir etwas anderes hören als Anklage. Hier hören wir unseren Freispruch." Jesus Christus sagt: „(...) Wer zu mir kommt, den werde ich nicht hinausstoßen." (Johannes 6, 37). Und dazu der Dichter W. Goes: „So gütig ist Gott, dass auch unsere Sünde, unsere Absonderung von Gott, ein Weg zu ihm sein darf." Sündenvergebung ist etwas ganz Konkretes. Und im Kolosserbrief steht dazu: „Getilgt hat er den Schuldbrief und hat ihn aus der Mitte getan und an das Kreuz geheftet." Im Alter von 39 Jahren war der Anfang gelegt zu einem Leben ohne Suchtmittel, zu einem Leben in der Ausrichtung auf Gott, „mit dem wir Wand an Wand wohnen dürfen." (R. Guardini) Oder biblisch: „Darum, ist jemand in Christus, so ist er eine neue Kreatur, das Alte ist vergangen, siehe, Neues ist geworden." (2. Korinther 5, 17) In der Folgezeit kam es bei mir immer wieder zu der Glaubenserfahrung: In Jesus Christus gibt es neues Leben. Aus erster Hand. „Jesus lebt nicht fort in einer geschichtlichen Nachwirkung, sondern in fortwährenden Neuanfängen, in der Verwandlung von Herzen, in der Umkehr der Gewissen. Wo das geschieht, begegnen Menschen in der Tat dem Geheimnis seiner Person." (Robert Leuenberger) Die Totalvereinnahmung durch Drogen und Alkohol war

117

nun vorbei. Endgültig! Jesus Christus wollte ich von Tag zu Tag besser kennen lernen. „Denn das Wunder des neuen Lebens, das Glück der Vergebung und die Befreiung von Angst lässt ihn unausgesetzt auf diese Gestalt sehen, von der Ströme des lebendigen Wassers in sein Leben dringen, um die Wüste seines verlorenen Herzens urbar zu machen und das Wunder des Neubeginns zu schenken." (Prof. Helmut Thielicke) Gemeinsam konnten meine Frau und ich nun unsere Sorgen und Ängste im Gebet an Gott abgeben. In dieser Glaubensgeborgenheit fanden wir eine neue Kraftquelle, auch neuen Lebensmut sowie lebendige Hoffnung. Dazu kam die Glaubenserfahrung, die der Beter aus Psalm 50, 15 gemacht hat: „Und rufe mich an in der Not, so will ich dich erretten und du sollst mich preisen." Schrittweise kam in unser Lebensalltag auch eine neue Art von Verantwortungsbereitschaft - auch für die kleinen Dinge. Ich durfte erfahren, dass unter der „Hand des Höchsten" Kräfte und Gaben wachgerufen wurden und werden, die erweckungsbereit in jedem Menschen schlummern. Auch neue Zielsetzungen kamen dazu. Dabei verschwanden auch meine unnennbaren Ängste sowie meine Menschenscheu und die Unruhe des Herzens. Auch die schweißtreibenden „Schreckengespenster" der schlaflosen Nächte hörten auf. In mein vorher pervertiertes Denken kam Ordnung und Klarheit. Die Rehabilitation Gottes bestimmte jetzt mein Leben. Auch das meiner Frau. Die Bibel sagt dazu Heiligung, die zeitlebens anhält. Und der lebendige und in seiner Liebe zu den Menschen unwandelbare Gott meint immer den Menschen in seiner Ganzheit nach Geist, Seele und Leib. So wie er nach Gottes Plan erschaffen wurde. Ein Nachreifungsprozess nahm seinen Lauf. Kleine Schritte musste ich gehen um mich mit der Lebensrealität auseinanderzusetzen und nicht zu allem Ja und Amen zu sagen. Ich lernte meine Überempfindlichkeit abzubauen sowie mit meinen Gefühlen und mit meiner Sexualität umzugehen. Herrlich war es nicht mehr trinken zu müssen! Oder biblisch: „Es ist ein köstlich Ding, dass das Herz fest werde, welches geschieht durch Gnade." (Hebräerbrief) Und die Heilung durch Gott ist ein lebenslanger Prozess. Auch in der Gemeinde fand ich eine Plattform für umfassende Hilfe. Meine

Frau ebenfalls. Denn: „Gott gibt nicht auf, was er begonnen hat." Wir mussten weiterhin noch viele Defizite abbauen. Auch beziehungs- und gemeinschaftsfähig werden. Wir mussten Pannen in Kauf nehmen, doch der Wille zur beiderseitigen Veränderung war als Voraussetzung vorhanden. Im Wort Gottes ist ja die Notwendigkeit der Sinnes- und Einstellungsänderung das große Fugenthema. Im Wort Gottes fanden und finden wir täglich Wegweisung und Hilfe für unser Leben. Dazu dienten mir Glaubensbücher und theologische Themen zur Vertiefung und Verstehenshilfe. Und während einer Familienfreizeit auf der Hensoltshöhe in Gunzenhausen im Haus Bethanien zeigte mir Gott die Notwendigkeit unsere nur standesamtlich vollzogene Ehe nun auch kirchlich nachzuvollziehen und sie unter die Segnungen sowie den Schutz des lebendigen Gottes zu stellen. Pfarrer R. nahm die Trauung vor. Schwester M. und Siegfried M. vom „Hort der Hoffnung" waren unsere Trauzeugen. Unser Trauspruch hieß: „Seid fröhlich in Hoffnung, geduldig in Trübsal, haltet an am Gebet." (Römer 12, 12)

Ich erlebte in den nachfolgenden Jahren im Blauen Kreuz sowie in unserer Gemeinde in Nürnberg immer wieder wie froh und fröhlich eine Gemeinschaft ohne Alkohol sein kann. Für mich, der jahrzehntelang im „steppenwölfischen" Abseits lebte, war das Gemeinschaftserlebnis unter Christen etwas ganz Neues. Doch die Heilung durch Gott ist nicht abgeschlossen, sie geht lebenslang weiter, Schritt um Schritt. „Christus", sagt der 1. Korintherbrief, „ist uns gemacht zur Heiligung." Anders gesagt: „Erlösung ist: Christus für uns; Heiligung ist: Christus in uns." (G. Stäbler) Die heilende Kraft des Glaubens meint den ganzheitlichen Menschen. Prof. Thielicke, dessen Bücher ich damals für mich entdeckte, schrieb einmal: „Die Helle der Botschaft dringt in alle Ecken und Winkeln: In unsere Familien, in unser Verhältnis zu Freunden und Konkurrenten, in unser Geschäftsgebaren, in unser Verhältnis zu Geld und zur Sexualität. Verbleibende unerlöste Bereiche in unserem Leben, in denen sich das Neue noch nicht herumgesprochen hat und die Konsequenzen noch nicht ausgezogen sind, würden uns durch den Widerspruch, in dem sie zum Licht stehen, nur

121

quälen..." Jeder Aufarbeitungsprozess ist tränenreiche Trauerarbeit. Auch heute noch. Nicht bloß im Blick auf die negativen Erlebnisse aus der Kindheit. Bei Gott gibt es Heilung bis in das Unbewusste hinein. Auch eine neue Art von Dankbarkeit kam in mein Leben und in das meiner Frau. Und der Stellenwert der Dinge veränderte sich langsam. Eine Umschichtung in der Reihenfolge geschah. Denn bei Gott geschieht die Heilung bis in das Unbewusste hinein. Und an die Stelle der alkoholbedingten Kurzsichtigkeit, auf Schritt und Tritt spürbar, kam eine neue Realitätsbezogenheit. Nun konnte ich mich weiterhin ganzheitlich weiterentwickeln. Denn Alkoholismus ist nicht nur Persönlichkeitsfehlentwicklung, sondern ist immer auch das Zurückbleiben auf einer bestimmten Entwicklungsstufe. Jetzt, ohne Alkohol, befand ich mich in einem Nachreifungsprozess. Nun konnten wir den Blick in die Zukunft richten, für uns gab es wieder eine. Wir absolvierten im Blauen Kreuz ein Seminar für freiwillige Suchtkrankenhilfe. Und in den Gruppenbesuchen konnte ich auf der Grundlage von Geben und Nehmen mein Fach- und Erfahrungswissen weitergeben. Endlich konnte ich mit Gottes Hilfe ein alkoholfreies Leben bei zunehmender Lebensfreude führen. Mir tat sich nun das Leben in all seinen Möglichkeiten auf. Allerdings blieb beruflich ein „schwarzes Loch" zurück. Finanziell waren wir noch immer sehr verschuldet. Dabei war das regelmäßige Gebet aber eine große Kraftquelle. „Das Gebet ist die Tür aus dem Gefängnis unserer Sorgen." (H. Gollwitzer) Und in den Gruppenbesuchen konnte ich auf der Grundlage von Geben und Nehmen mein Fach- und Erfahrungswissen weitergeben. Allerdings waren kaputtgemachte Berufschancen nicht mehr aufzuholen. Langsamer Fortschritt, ja, ich denke, dass ist immer so, wenn Gott die Führung im Leben eines Menschen übernimmt. Auch meine Selbstannahmeverweigerung begann sich aufzulösen. Ebenfalls die krampfhafte Selbstaufwertung.

6. Gehalten und getragen von Gott

Mittlerweile erfüllte die Erfahrung des bedingungslosen Angenommenseins durch Gott mein neues Leben. In meinen Gebeten bitte ich bis heute noch Gott um Heilung meiner verdrängten Persönlichkeitsanteile. Und ich wurde hineingenommen in seinen Verheißungszuspruch: „Er aber, der Gott des Friedens, heilige euch durch und durch, und euer Geist samt Seele und Leib müsse bewahrt werden." (1.Thess. 5, 23) Immer ist es so: Der Glaube an Christus umschließt den ganzen Menschen. Neuwerdung ist möglich. Keine Symptombehandlung. Dazu ein Zitat von Prof. Solms (Suchtexperte): „Religiöse Heilungen gehören dort, wo sie möglich sind, zu den qualitativ besten und dauerhaftesten." Dafür gibt es genug glaubwürdige Zeugen. Auch das habe ich erfahren, dass ohne die Beantwortung der Sinnfrage, wozu lebe ich, die Chancen der Heilung in der Suchtkrankentherapie sehr gering sind. In das Vakuum, in dem zuvor der Alkohol die „erste Geige" spielte, muss eine neue Füllung hinein, es darf nicht unbesetzt bleiben. Neue Wertvorstellungen müssen hinein. Für mich war die Sinnfindung an die Erfahrung des neuen Lebens durch die Botschaft des Evangeliums gebunden. Mein Leben hat seitdem Sinn und Inhalt, Ziel und Bodenständigkeit. Es ist nun ausgerichtet auf Gott, der sich in Jesus Christus geoffenbart hat. Durch ihn erfahre ich Gottes vergebendes Handeln. Jesu Botschaft ist die Botschaft vom Glauben an Gott. Und dieser Glaube hat mir geholfen und hilft mir noch heute. Heilung geht weiter. Das ist göttliche Therapie. Und jeder Alkoholiker, wie überhaupt jeder Mensch, der sich auf Jesus Christus im Glauben einlässt, kann die heilende Kraft des Glaubens erfahren. „Indem wir in die Liebe eingehen, geht ein neue, ein göttliches Leben in uns ein. Nicht mehr wir leben, sondern Christus lebt in uns." Doch ich muss mir die Jesus-Frage gefallen lassen: „Willst du gesund werden?" Diese Frage ist der Appell zur ganzheitlichen Wandlung. Dann erst kommt der Mensch, erschaffen nach dem Bilde Gottes, zu seiner wahren Bestimmung. Auch ich, nach Jahrzehnten der Fremdbestimmung durch Drogen, fand dorthin. Vorbei war das Vegetieren jenseits aller sozialen Mitbestimmung. Vorbei auch die

Selbsteinkerkerung. Meiner Identitätsfindung und Sozialisation stand der Alkohol bisher immer hemmschuhartig im Weg. Er verhinderte nicht nur die Wahrnehmung des wirklichen Lebens. Er zerstörte in Ganzheit mein Leben. Vorbei waren jetzt auch die tagtäglichen und zermürbenden „Hätte – ich – doch – nicht - Anklagen". Bis heute bahnen sich mir in der Ausrichtung am Wort Gottes neue Wege und Aufgaben an. Allerdings geht das nicht ohne Bereitschaft zum täglichen Offenhalten für das Reden und Handeln Gottes. Ich lernte mich an Grundwerten zu orientieren, die mir vorher total fremd waren. Denn ohne Grundwerte, wie Liebe, Treue, Wahrheit, Würde u. a. gibt es meines Erachtens kein menschenwürdiges Dasein. Grundwerte helfen dem Menschen doch dazu den Blick über sich selbst hinaus in einen größeren Ordnungs- und Sinnzusammenhang zu finden. Die Erfahrung, die ich gemacht habe, noch immer mache, kann jeder alkoholkranke Mensch machen. Im Blauen Kreuz begegnete ich wieder und wieder solchen Menschen. Dazu ein Wort von Sören Kierkegaard: „Keiner verirrt sich so weit, dass er nicht zurückfinden kann zu dir, der du nicht bloß wie eine Quelle bist, die sich finden lässt, der du vielmehr wie eine Quelle bist, die selbst den Dürstenden sucht." Als ehrenamtlicher Suchtkrankenhelfer fand und finde ich im Blauen Kreuz seitdem immer wieder neue Aufgaben.

Meine Frau und ich lernten auch das Wort Ehe neu zu buchstabieren. Mit Gottes Hilfe. Ich weiß heute, dass in mir noch Unerkanntes in der „Tiefgarage" der Seele schlummert, das der Heilung durch Gott bedarf. Der Glaube an den Gott der Bibel ist für mich mit der täglichen Erfahrung des Gehalten- und Getragen-Seins im wechselvollen Auf und Ab des Lebens mit all seinen Abgründen verbunden. Gott sei Dank - ich brauche nicht mehr trinken! Das Netz, welches sich Jahrzehnte lang immer enger um mich schlung und mich gefangen hielt – es ist zerrissen!

„Er zog mich aus der grausigen Grube, aus lauter Schmutz und Schlamm, und er stelle meine Füße auf einen Fels, dass ich sicher treten kann."

(Psalm 40,4)

Nachtrag

Mein Vater war dem **Blauen Kreuz** sowie der **Zionsgemeinde der Evangelisch-methodistischen-Kirche** in Nürnberg bis zu seinem Tod zutiefst verbunden. Das Blaue Kreuz hatte ihm den Weg in ein neues suchtfreies Leben gezeigt. Er leitete zusammen mit meiner Mutter in den 80er und 90er Jahren die Begegnungsgruppe des Blauen Kreuzes in Nürnberg-Wöhrd (Nürnberg).

Außerdem nahm er weiterhin viele Jahre regelmäßig an den Begegnungswochen für Männer auf dem **Wieshof** sowie mit meiner Mutter und mir an den Familienfreizeiten im Bibel- und Tagungsheim auf der **Hensoltshöhe in Gunzenhausen** teil. Er wirkte auch im „**Hort der Hoffnung**" (Blau-Kreuz-Zentrum Rauschenberg) mit.

Seine größte Dankbarkeit und eine brüderliche Verbundenheit galten sein ganzes weiteres Leben **Pfarrer Leonhard Roth** (ehemaliger Bundesvorsitzender des Blauen Kreuzes

Deutschland), **Heinz Klement** (Bundesverband Blaues Kreuz), **Robert Göß** (damals Blaukreuz-Sekretär), **Siegfried Markert** (vom „Hort der Hoffnung" in Rauschenberg) sowie seinem Freund **Alfred Aupperle** und **Schwester Minna** (beide Blaues Kreuz Nürnberg). Alle diese genannten Personen (einige bereits verstorben) stellen auch einen Bestandteil meiner eigenen Kindheit dar und ihnen gilt auch mein größter Dank!

Mein Vater verbrachte seine letzten Lebensjahre im **Seniorenzentrum Knetzgau**, in dem meine Mutter **Felicitas Meißner** immer noch lebt. Sie stand ihm bis zu seinem Tode 2021 bei. Er wurde 83 Jahre alt.

Seit seiner Heilung in den 70er Jahren hat er nie wieder einen Tropfen Alkohol getrunken. Ich selber kann mich an die ersten zwei Lebensjahre nicht mehr erinnern. In meiner bewussten Erinnerung danach habe ich meinen Vater (sowie meine Mutter) nie trinkend erlebt. In unserer kleinen Wohnung in Nürnberg gab es nie auch nur einen Tropfen Alkohol. Selbst Besucher bekamen bei uns keinen Alkohol.

Das Manuskript zu „Das Netz ist zerrissen" übergab mir mein Vater einige Jahre vor seinem Tod.

Dezember 2024

Arlenne Meißner

Verlag: BoD · Books on Demand GmbH,
In de Tarpen 42, 22848 Norderstedt
Druck: Libri Plureos GmbH, Friedensallee 273,
22763 Hamburg
ISBN: 978-3-7597-2295-9